© Thamm

Christine Biernath wurde 1961 in Weilheim an der Teck geboren. Nach dem Abitur machte sie eine Ausbildung zur Fremdsprachenkorrespondentin. Sie arbeitete für verschiedene Nürnberger Unternehmen, bevor sie sich an die Verwirklichung ihres Kindheitstraumes machte: Sie begann mit dem Schreiben. Christine Biernath lebt mit ihrem Mann und ihrem Sohn im Nürnberger Land.

Christine Biernath

KEINEN SCHLAG WEITER!

Fischer Taschenbuch Verlag

generation
www.fischergeneration.de

Veröffentlicht im Fischer Taschenbuch Verlag,
einem Unternehmen der S. Fischer Verlag GmbH,
Frankfurt am Main, Juli 2010

Lizenzausgabe mit freundlicher Genehmigung des
Gabriels Verlags

Druck und Bindung: CPI – Clausen & Bosse, Leck
Printed in Germany
ISBN 978-3-596-80859-5

Nach den Regeln der neuen Rechtschreibung

1

»Ich wollte immer nur das Beste für meine Kinder.«
Miriam Schneider, 41 Jahre

Von: hiphopsandy@gmx.de
Datum: Dienstag, 27. September, 9:31 Uhr
An: lauralee15@freenet.de
Betreff: Hi!

Hi Laura!
Ich bin Sandra und soll Dir schreiben, weil der Dudek – unser Lehrer für Textverarbeitung – meint, es würde mehr Spaß machen, E-Mails zu tippen statt irgendwelcher Geschäftsbriefe. Eigentlich keine schlechte Idee, nur – wie soll ich anfangen? Mich vorstellen, wie der Dudek es vorgeschlagen hat? Okay, ich versuch's mal: Ich heiße – wie gesagt – Sandra. Sandra Schneider. Ich bin vierzehn Jahre alt, mittelgroß, mitteldick (oder mitteldünn – ganz wie Du willst) und habe mittelblondes Haar, das aussieht wie Putzwolle. Allerdings habe ich mir vom Geburtstagsgeld meiner Oma in den Sommerferien Rastazöpfe

flechten lassen und seitdem gefällt es mir etwas besser. Eigentlich wollte ich ja ein Bauchnabelpiercing, aber weil man dafür die Erlaubnis der Eltern braucht, habe ich keine Chance, solange ich nicht achtzehn bin. Für meine Mutter waren die Zöpfe schon beinahe zu viel. Die ist fast so ausgerastet wie Anfang des Sommers, als ich mir ein Abzieh-Tattoo ganz unten auf den Rücken hab machen lassen. Mein Vater hat bloß gelacht. Der ist sowieso ganz cool. Der Einzige in der Familie, mit dem man ein bisschen Spaß haben kann.

Mein absoluter Lieblingsfilm ist *8 Mile* und meine Lieblingsmusik – Du ahnst es sicher – Hip-Hop. Mein liebstes Hobby ist das Tanzen. Vor vier Jahren haben meine beiden besten Freundinnen und ich damit angefangen. Seit eineinhalb Jahren tanzen wir nur noch Hip-Hop und nennen uns »Girlz in da Hood«. Jeden Mittwochabend treffen wir uns im Probenraum des Jugendzentrums. Das sind die zwei besten Stunden der Woche, wenn wir die Musik bis zum Anschlag aufdrehen und üben, üben, üben. Wir haben sogar schon einmal bei einem Contest den zweiten Platz gemacht. Ohne das Tanzen wäre mein Leben absolut öde, denn ich wohne in einer total normalen, total langweiligen Stadt, gehe auf eine total normale, total langweilige Schule und meine Familie ist so ziemlich das Normalste und Langweiligste, was man sich vorstellen kann.

Mein Vater würde rund um die Uhr arbeiten, wenn er könnte. Oft bringt er sogar am Wochenende irgendwelche Akten mit nach Hause. Wenn man Zeit mit ihm verbringen will, geht man am besten mit ihm joggen. Manchmal, wenn

er nicht gerade morgens vor der Arbeit läuft, tue ich das sogar. Und im Winter fahren wir hin und wieder zusammen Ski oder gehen zum Snowboarden. Ski fahren liebe ich fast so sehr wie Tanzen.
Uff, da ist schon der Gong!
Bin gespannt, was Du zu erzählen hast,
Sandy.

Von: hiphopsandy@gmx.de
Datum: Freitag, 30. September, 12:09 Uhr
An: lauralee15@freenet.de
Betreff: Neid

Hi Laura!
Danke für Deine lange Mail. Der Dudek hatte gar nicht gesagt, dass Ihr eine Berliner Klasse seid. In Berlin zu leben stelle ich mir genial vor. Schon allein wegen der Hip-Hop-Szene. Dafür würde ich sogar den Rest meines Lebens aufs Skifahren verzichten. Hast Du echt Samy schon live gesehen?! Bei uns gibt es selten gute Konzerte. Und wenn, dann geht keiner mit mir hin. Meine Mutter am allerwenigsten. Ich könnte total neidisch werden, wenn ich höre, dass Deine solche Sachen mit Dir unternimmt! Wenn ich wenigstens einen großen Bruder hätte, der mich in Hip-Hop-Konzerte schmuggelt oder in die Disco oder in Filme ab achtzehn! Aber nein! Alles, was ich habe, ist Weichei Benny, der sich wahrscheinlich heute noch im Dunkeln fürchtet und vor Monstern Angst hat.

Mist! Jetzt sollen wir Tabellen üben! Bis zum nächsten Mal also,
Sandy.

Was meine früheste Erinnerung ist? Da muss ich ungefähr drei Jahre alt sein. Ich werde wach, weil ich Durst habe. Ich rufe nach Mama. Mama kommt nicht. Ich rufe noch einmal. Und noch einmal. Keine Mama. Mein Nachtlicht ist aus. Nur durch einen Spalt im Rollladen fällt ein Streifen Licht in mein Zimmer. Und da kann ich es sehen. Das Monster. Es hat sich auf den kleinen Stuhl vor meinem Maltisch gequetscht und grinst zu mir herüber. »Mamaaaa!« Ich ziehe mir die Bettdecke über den Kopf und kneife die Augen zu. Manchmal hilft das. Manchmal verschwindet das Monster dann.

Heute nicht. Heute stöhnt es. Ganz tief aus seinem Monsterbauch heraus.

Ich muss weg hier! Zu Mama! Wenn ich aus dem Bett springe und losrenne, schaffe ich es vielleicht, vor dem Monster an der Tür zu sein. Vorsichtig hebe ich die Bettdecke ein wenig an und schaue zum Tisch hinüber. Das Monster ist größer geworden. Sein Monsterkörper quillt über die Stuhllehne und den Tisch.

Ich hole zitternd Luft und springe aus dem Bett. Als ich losrennen will, wirft eine riesige Faust mich zu Boden. Das Monster hat mich gepackt! Ich schreie und trete und dann merke ich, dass die Bettdecke sich um meine Beine gewickelt hat. Ich strample mich los und krabble zur Tür, ziehe mich an der Klinke hoch und stolpere in den Flur hinaus.

In Mamas und Papas Schlafzimmer brennt noch Licht. Ich stoße die Tür auf und will mich in das Bett meiner Eltern stürzen, aber meine Füße bleiben stehen. Ganz von allein. Ich kann mich nicht mehr bewegen. Das Monster hat Mama erwischt! Sie liegt auf dem hellen Teppich vor dem Schrank. Ganz verdreht. Papa kniet neben ihr und tätschelt ihre Wangen. »Miriam«, sagt er mit einer Stimme, wie ich sie noch nie gehört habe. »Miriam, nun komm schon.« Dann guckt er hoch. Genau in meine Augen. »Geh wieder ins Bett, Benny«, sagt er.

So schnell ich kann, renne ich zurück. Das Monster ist mir plötzlich egal. Im Zimmer neben meinem weint das Baby.

2

»Benjamin war eine echte Bereicherung für unser Schulorchester.«
Martin Ritter, 43 Jahre, Musiklehrer

Von: hiphopsandy@gmx.de
Datum: Dienstag, 4. Oktober, 9:07 Uhr
An: lauralee15@freenet.de
Betreff: Familienbande

Hi Laura!
Hatte keine Ahnung, dass Ihr in Berlin jetzt Ferien habt. Neid! Neid! Neid! Dass Du trotzdem schreibst, finde ich natürlich super! Wer Weichei Benny ist, willst Du wissen? Mein Bruder. Sechzehn Jahre alt, KLASSIK-Fan! Kannst Du Dir vorstellen, wie das ist, einen Bruder zu haben, der mit seiner Mutter vierhändig Klavier spielt? Die Hölle, sag ich Dir!
Überhaupt meine Mutter – die ist echt ein Fall für sich. Ich erwarte ja nicht, dass ihr meine Musik gefällt, aber muss sie JEDEN TAG deswegen meckern? (Ich maule ja auch nicht, wenn bei ihr Mozart läuft!) Ständig muss ich

mir anhören, wie frauenverachtend Hip-Hop-Texte seien! Wenn man meine Mutter reden hört, könnte man glauben, dass man es mit einer echten Emanze zu tun hat. Dabei putzt, kocht und wäscht sie ununterbrochen, kümmert sich um den Haushalt und um meinen Vater. Du dachtest, so etwas gibt es nur noch in der Fernsehwerbung? Von wegen! Bei uns lebt sie, die heile Reklamewelt, in der Mami immer etwas zu naschen parat hält, die Wäsche strahlend weiß ist und die Fußböden glänzen. Ich glaube, das Schlimmste, was meiner Mutter passieren könnte, wäre, dass die Leute über sie reden, weil die Fenster nicht ordentlich geputzt sind. So werde ich nie leben! Dass Deine Mutter ganztags arbeitet, finde ich klasse. Ich suche mir auch mal einen tollen Job – am liebsten im Musikbusiness. Oder beim Fernsehen. Moderatorin bei MTV, das wär's! Dann käme ich in der ganzen Welt herum, würde die tollsten Leute treffen und hätte jede Menge Spaß!
Den hast Du hoffentlich auch – mit noch fast zwei Wochen Ferien vor Dir!
Neidische Grüße,
Sandy.

Kurz nach meinem vierten Geburtstag nimmt meine Mutter mich zum ersten Mal mit in ein Konzert. Sie macht es richtig spannend. Erzählt mir nur, dass wir etwas ganz Besonderes vorhaben. Und sie sieht wunderschön aus. Ihr schwarzer, glänzender Rock knistert, wenn sie sich bewegt, und auf ihrem Pullover sind lauter glitzernde Steine. In die Haare hat sie ein schwarzsilbernes Tuch gebunden und sie duftet so gut, dass ich die ganze Zeit an ihr schnuppern möchte, als sie mir beim Anziehen hilft. Schwarze Hose, weißes Hemd und die Weste aus buntem, kratzigem Stoff, die ich bei Tante Neles Hochzeit anhatte.

»Gehen wir zu einer Hochzeit?«, frage ich, als sie mir die bunte Fliege umbindet. Mama schüttelt den Kopf und lächelt geheimnisvoll.

Die Tür zum Wohnzimmer ist offen. Papa liest Zeitung und Sandy steht in ihrem Laufstall. Mit einer Hand klammert sie sich fest und mit der anderen schlägt sie einen Holzbaustein immer wieder auf die Umrandung. Sie mag den Laufstall nicht. Wenn Papa sie nicht bald herausnimmt, wird sie anfangen zu schreien. Mama guckt ein bisschen besorgt. »Bist du sicher, dass ihr zurechtkommt?«, fragt sie.

»Aber natürlich kommen wir zurecht. Stimmt's Sandra?«

Meine kleine Schwester wirft den Holzklotz mitten ins Zimmer, plumpst auf ihren Windelpo und kräht vergnügt.

»Siehst du? Alles in bester Ordnung, Schatz«, sagt Papa. »Macht ihr zwei euch einen schönen Nachmittag.«

Draußen gehen schon die Straßenlaternen an.

Mama nimmt meine Hand und wir spazieren durch die Dunkelheit bis zu einem großen Haus. Außer uns wollen noch viele andere Menschen dort hinein. Mama zeigt einem Mann zwei Karten und der lässt uns in einen Saal, in dem viele Stühle in geraden Reihen hintereinander stehen. Mama führt mich ganz nach vorne und erklärt: »Das ist die Bühne. Das hier«, sie deutet auf einen Holzkasten mit Geländer in der Mitte der Bühne, »ist das Dirigentenpult und das«, sie zeigt auf die Stühle, die im Halbkreis um das Pult herumstehen, »sind die Plätze für die Musiker.«

Ich habe keine Ahnung, wovon Mama spricht, aber mir ist ganz feierlich zumute. Nun zeigt sie hinauf zu einem Balkon und sagt: »Dort oben werden wir sitzen. – Damit du auch alles sehen kannst.« Über eine lange Treppe steigen wir hinauf und drängeln uns an vielen Knien vorbei zu den freien Stühlen in der vordersten Reihe. Als wir uns setzen, wird das Licht schwächer und das Summen der Stimmen leiser. Männer in schwarzen Anzügen und weißen Hemden kommen durch eine Seitentür auf die Bühne und auch ein paar Frauen in langen schwarzen Kleidern. Sie alle haben ein Musikinstrument dabei und setzen sich auf ihre Plätze. Die Leute im Saal klatschen. Dann kommt ein Mann ohne Instrument auf die Bühne und stellt sich auf den Holzkasten. »Das ist der Dirigent«, flüstert Mama. Der Dirigent verbeugt sich und die Leute klatschen noch mehr. Der Dirigent hebt die Arme. Es wird mucksmäuschenstill. Das Licht wird noch schwächer. Nur die Bühne ist jetzt noch gut zu erkennen. Als der Dirigent die Arme senkt, fangen die Musiker an zu spielen. Noch nie habe ich etwas so Schönes gehört wie diese Musik.

3

»Benny und Sandra hätten nicht unterschiedlicher sein können. Er verträumt, aber gewissenhaft, und sie ein richtiger Wirbelwind.«
Barbara Römer, 43 Jahre, Grundschullehrerin

Immer noch ist mein Kopf voller Geigen und trillernder Flöten, voll Pauken und brummiger Kontrabässe. Ich weiß nicht, warum ich aufgewacht bin, aber ich glaube, es ist Zeit, in den Kindergarten zu gehen. Wo bleibt Mama?

Da! Die Tür geht auf, aber es ist Papa, der hereinkommt. Irgendwo im Haus weint Sandra. Auch gestern, als Mama und ich vom Konzert kamen, hat sie geweint. Eigentlich nicht geweint, sondern gebrüllt. Sie war dunkelrot im Gesicht und Papa auch.

Papa hat gesagt: »Miriam, unsere Tochter hat einen eisernen Willen. Die wird ihren Weg einmal machen.«

Mama hat gelächelt. Sie hat Sandra aus dem Laufstall gehoben und Sandy hat aufgehört zu brüllen. Sie hat nach den Glitzersteinen auf

Mamas Pullover gegrapscht. »Du hättest sie ein bisschen im Zimmer krabbeln lassen sollen«, hat Mama gesagt und Papas Gesicht ist noch ein bisschen dunkler geworden.

Jetzt setzt er sich auf meine Bettkante. Die Geigen und Flöten sind aus meinem Kopf verschwunden. Dafür trommelt mein Herz. Mir ist wieder eingefallen, dass gestern Nacht das Monster da war. Ich habe gehört, wie es gegen Wände und Schränke geschlagen hat. Mama hat geschrien, aber das Monster hat sich nicht vertreiben lassen.

»Mama geht es heute nicht gut«, sagt Papa.

Mir würde es auch nicht gut gehen, wenn das Monster in meinem Zimmer getobt hätte.

»Ich muss zur Arbeit, Benny. Meinst du, du kannst hierbleiben, ohne Mama zu stören?«

Natürlich kann ich das. Aber: »Was ist mit Sandy?«, frage ich.

»Sandra nehme ich mit. Frau Lorenz wird sich um sie kümmern.« Frau Lorenz arbeitet in Papas Kanzlei. Sie ist sehr nett und hat immer Schokolade in ihrer mittleren Schreibtischschublade.

»Kann ich auch mitkommen?«

»Das geht nicht, mein Großer. Dann käme Frau Lorenz ja gar nicht mehr zu ihrer Arbeit. Und Mama ist schließlich da. Du brauchst also keine Angst zu haben. Es wäre nur gut, wenn du sie schlafen ließest. – Schaffst du das?«

Ich nicke noch einmal.

»Wusste ich doch, dass ich mich auf dich verlassen kann!« Papa gibt mir einen Kuss auf die Stirn. »Heute Mittag bringe ich Pizza mit. Bestimmt geht es Mama dann schon besser und wir können zusammen essen.« Papa steht auf. »In der Küche wartet übrigens dein Frühstück auf dich.« Er winkt mir noch einmal kurz zu, bevor er leise die Tür ins Schloss zieht. Ich verkrieche mich unter der Bettdecke und rolle mich zu einem Ball zusammen. Ich schiebe den Daumen in den Mund und kneife die Augen fest zu.

Von: hiphopsandy@gmx.de
Datum: Freitag, 7. Oktober, 12:10 Uhr
An: lauralee15@freenet.de
Betreff: Girlz in da Hood

Hi Laura!
Okay, ich seh's ein! Wenn in Berlin die Sommerferien zu Ende sind, bevor der Sommer richtig angefangen hat, braucht Ihr natürlich früher Herbstferien als wir. Danke noch mal, dass Du trotzdem mallst!
Ich freue mich auch aufs Wochenende. Zwar gehe ich nicht mit meiner Mutter klettern (allein die Vorstellung ist ein Witz), aber Janine, Kim und ich haben morgen einen Auftritt. Bei uns im JUZ ist nämlich Hip-Hop-Party und wir sind sozusagen der Liveact ;–).

Natürlich hat meine Mutter wieder wegen meiner Klamotten rumgezickt. Hat erst aufgegeben, als ich sagte, dass Janine und Kim für den Auftritt genau dieselben Baggys und Tank Tops haben. Das Theater ging dann aber weiter, weil sie sich eingebildet hat, dass ich um zehn Uhr nach Hause sollte. Stell Dir das bloß vor! Um halb zehn sind wir dran und um zehn will sie mich abholen!! Ich hab mir extra das Jugendschutzgesetz aus dem Internet geholt, um ihr zu beweisen, dass ich bei Veranstaltungen in Jugendzentren bis Mitternacht bleiben darf. Das hat sie aber überhaupt nicht beeindruckt. Zum Glück ist mein Vater dazugekommen und hat vorgeschlagen, dass sie mich um elf Uhr abholen soll.
Ich bin total aufgeregt, denn vielleicht treffe ich Mo dort! Von dem habe ich noch gar nichts erzählt, oder? Moritz Niederbronner, der coolste Typ im ganzen Viertel! Mit schwarzen Haaren und grünen Augen – eine irre Kombination! Er ist ziemlich groß und schlank, hat breite Schultern und so schmale Hüften, dass ich mich immer frage, wie seine Baggys halten. Janine und Kim finden ihn arrogant, aber ich finde ihn einfach genial. Kurz vor den Sommerferien hatte das JUZ einen Battle veranstaltet und Mo hat haushoch gewonnen. Wie der aus dem Stegreif rappt, ist Wahnsinn! Leider ist er schon sechzehn und geht in dieselbe Klasse wie Benny. Einen fetteren Minuspunkt, als die Schwester von Weichei Benny zu sein, kann man bei Mo wahrscheinlich gar nicht haben. ☹.
Ein tolles Wochenende und weiterhin schöne Ferien,
Sandy.

Während der ersten zwei Wochen hat meine Mutter mich jeden Tag zur Schule gebracht und abgeholt. Doch dann wird Sandra krank und Mama fragt, ob ich alleine gehen könnte. Natürlich kann ich das! Sie hat auch gesagt, vielleicht würde ja Moritz mit mir nach Hause gehen. Moritz wohnt eine Straße weiter. Tatsächlich wartet er nach der Schule im Pausenhof auf mich. Zusammen mit seinen Freunden Dennis und Yannick. Yannick ist fast einen Kopf größer als ich, weil er zum zweiten Mal in die erste Klasse geht.

»Na, du Schleimer«, sagt Moritz.

Ich weiß nicht, was er meint.

»Bei der Lehrerin einschleimen, das haben wir gern!«

Frau Römer hat heute gesagt, wie schön mein Herbstbild geworden ist. Und dass Moritz sich mehr Mühe geben muss.

Ehe ich richtig begreife, was passiert, reißt Yannick mir den Ranzen vom Rücken und wirft ihn zu Moritz hinüber. Der fängt ihn und wirft ihn weiter zu Dennis. Aber er wirft zu kurz. Der Ranzen fällt auf den Boden und die Schlösser springen auf. Meine Hefte und Bücher rutschen heraus. Ich lasse mich auf die Knie fallen, um sie wieder einzusammeln, als mich ein Tritt in den Rücken trifft. Ich lande auf dem Gesicht. Blut schießt mir aus der Nase und tropft auf das graue Pflaster.

In diesem Moment überquert Frau Römer auf dem Weg zum Parkplatz den Hof. »Benjamin, was ist denn passiert?« Sie kniet sich neben mich, kramt ein sauberes Taschentuch aus ihrer großen Tasche und betupft damit vorsichtig meine Nase. »Sind das deine Bücher?«

Ich nicke.

»Der Benjamin ist gestolpert«, erklärt Moritz. »Sein Schulranzen ist aufgegangen und alles ist rausgeflogen. Wir wollten ihm gerade helfen.« Er bückt sich nach meinem Lesebuch und Dennis sammelt ein paar Hefte ein.

»Das ist aber nett von euch.« Frau Römer wischt noch immer an meiner Nase herum. »Geht's wieder?«, fragt sie schließlich.

Ich nicke noch einmal.

Moritz schiebt eben das letzte Buch in meinen Ranzen. Hinter Frau Römers Rücken fährt er sich mit der Hand quer über den Hals und grinst.

»Sieh mal, deine Freunde haben schon alles eingepackt.« Unsere Lehrerin hilft mir auf die Beine und gibt mir meine Tasche. »Bis morgen, Kinder!« Winkend verschwindet sie Richtung Parkplatz.

4

»Ich fand die kleine Schneider ja ganz niedlich. Aber Vanessa ist halt eine echte Klassefrau.«
Moritz Niederbronner, 16 Jahre

Von: hiphopsandy@gmx.de
Datum: Sonntag, 9. Oktober, 5:54 Uhr
An: lauralee15@freenet.de
Betreff: Ich hasse sie!

Wirklich! Du kannst Dir nicht vorstellen, was meine Mutter getan hat! Ich kann es selbst immer noch nicht glauben!
Auf der Party war eine irre Stimmung. Als wir endlich unseren Auftritt hatten, drängten sich die Leute richtig vor der Bühne. Ich hatte Mo nirgends entdeckt, aber das war mir egal, sobald die ersten Bässe in meinem Körper vibrierten. Da konzentrierte ich mich nur noch auf die Musik und meine Schritte und ich muss sagen, wir hatten sie echt gut drauf. Total synchron. Dafür bekamen wir am Ende auch jede Menge Beifall. Blöd war allerdings, dass Kim gleich nach der Zugabe abgeholt wurde und Janine

eine halbe Stunde später. Deren Mütter sind genauso schlimm wie meine!
Jedenfalls stand ich plötzlich ganz allein herum und wollte eben anfangen mich zu langweilen, als ich Mo sah. Er und Yannick standen auf der anderen Seite der Tanzfläche und checkten die Lage. Mo guckte zu mir herüber, grinste und setzte sich in meine Richtung in Bewegung. Ich dachte, ich träume! Mein Herz hat richtig 'nen Schlag ausgesetzt. Ungelogen! Ich war froh, dass es im JUZ so dunkel war, denn sonst hätte Mo gleich mitgekriegt, dass ich total rot wurde.
»Starke Nummer, Kleine«, sagte er und wickelte sich einen meiner Zöpfe um den Finger! ☺☺☺!!
»Hast du zugesehen?«
»Klar.« Er wickelte immer noch an meinem Zopf herum. Mein Herz klopfte wie verrückt. Um mir das nicht anmerken zu lassen, nippte ich an meiner Cola – und verschluckte mich prompt so, dass ich schrecklich husten musste.
»Hier, trink mal was Richtiges«, sagte Mo, als ich endlich wieder Luft bekam. Er hielt mir seine Flasche entgegen. Orangensaft? Ich nahm einen Schluck – und musste mich schütteln, dass die Perlen in meinen Zöpfen klimperten.
»I a Wodka«, sagte Mo grinsend. »Riecht man überhaupt nicht.« Wie um das zu beweisen, kam er mir seeehr nahe. Ich dachte wirklich, jetzt küsst er mich gleich – und was passiert? Meine Mutter steht vor uns und sagt: »Sandra, es ist dreiundzwanzig Uhr. Du weißt doch, dass ich auf dich warte!« >:–O!!!
»Na dann gute Nacht, Kleine«, sagte Mo, ließ meinen

Zopf los, nickte meiner Mutter zu und schlenderte wieder hinüber zu Yannick.
Ich hätte im Boden versinken können! Oder tot umfallen! Da beides nicht funktionierte, stürmte ich nach draußen. Am Eingang stieß ich beinahe mit Vanessa zusammen. Die ist sechzehn, hat ein Bauchnabelpiercing UND ein Tattoo über dem Hintern und trägt genau die coolen Klamotten, die meine Mutter mir nie kauft.
Ich hasse mein Leben!! Ich habe die ganze Nacht nicht geschlafen vor Wut! Jetzt geh ich wieder ins Bett und hole das nach und stehe den Rest des Tages nicht mehr auf,
Sandy.

Von: hiphopsandy@gmx.de
Datum: Dienstag, 11. Oktober, 8:54 Uhr
An: lauralee15@freenet.de
Betreff: Ich hasse sie!

Ich weiß, dass ich das schon geschrieben habe, aber seit gestern Morgen hasse ich meine Mutter noch viel mehr! Da ging Mo nämlich in der Straßenbahn direkt auf Vanessa zu, hakte sich in den Gürtelschlaufen ihrer Jeans ein und küsste sie! Seeeehr ausführlich!!! Und das alles nur, weil ich wie ein Kleinkind um elf abgeholt worden bin! Arrrghhh!!! Sonst würde er jetzt MICH küssen!! Und nun müssen wir auch noch einen Geschäftsbrief tippen.
☹☹,
Sandy.

Von: hiphopsandy@gmx.de
Datum: Freitag, 14. Oktober, 11:41 Uhr
An: lauralee15@freenet.de
Betreff: ☹☹☹!!

Hi Laura,
nur ganz kurz. Heute ist ein richtiger Scheißtag! Hab in Mathe UND in Geschichte 'ne 6 gekriegt. Und in Physik 'ne 4 in der Abfrage. Alles an einem einzigen Tag!
☹☹☹!!
Werde zu Hause erst mal nichts erzählen. Jetzt auch noch Stress wegen ein paar schlechter Noten, das halte ich nicht aus! Es reicht schon, dass ich jeden Morgen ertragen muss, wie Mo mit Vanessa rumknutscht. ☹☹☹.
Wünsche Dir ein schönes Wochenende. Bis nächsten Dienstag,
Sandy.

5

»Ich weiß, dass ich mit meiner Meinung ziemlich allein stehe, aber mir waren diese Schneiders nie so richtig geheuer.«
Dr. Beatrice Niederbronner, 42 Jahre, Nachbarin

Bis Weihnachten würden wir lesen können, hat Frau Römer versprochen. Mein Vater will sich von meinen Fortschritten überzeugen. Mit meinem Lesebuch auf den Knien sitze ich auf einem Schemel vor seinem Sessel. Genau vor meinen Augen klopfen Papas Finger einen schnellen Takt auf der Armlehne. Eigentlich sollte ich ins Lesebuch schauen, aber ich kann den Blick nicht von diesen trommelnden Fingern abwenden.

»Benjamin! Worauf wartest du? Fang schon an!«

Ich starre in das aufgeschlagene Buch. Heute Nachmittag, als ich mit Mama geübt habe, konnte ich jedes Wort neben den bunten Bildern lesen. Jetzt ergeben die schwarzen Buchstaben plötzlich keinen Sinn mehr. Der Takt, den Papas Finger trommeln, wird noch schneller. Da-damm, da-damm, da-damm.

»Nun mach schon, Benjamin! Ich möchte doch nur wissen, was du gelernt hast.«

»U… U – t… U – t – a…«

Dadadamm, dadadamm, dadadamm.

»U – … U – … U – …« Ich schlucke, würge an den Worten. Sie wollen einfach nicht heraus.

»Miriam! Miriam!!«

Mama kommt ins Zimmer. Sie hat Plätzchen gebacken und ihre Hände sind weiß von Mehl. Mit dem Handrücken wischt sie sich ein paar verschwitzte Locken aus der Stirn.

»Habe ich dir nicht gesagt, dass du mit Benjamin üben sollst?«

»Wir haben geübt, Matthias. Benny kann alles.«

»Dann komm her und genieß mit mir eine Kostprobe seines Könnens, Schatz.« Papa klopft auf die Sessellehne und folgsam setzt Mama sich. »Noch einmal von vorne, Benjamin.«

Meine Augen können sich nicht von Papas Hand lösen, die über Mamas Rücken streicht, hinauf zu ihren Locken wandert und sich darin verkriecht. Mama zuckt zusammen. »Jetzt zeig Papa doch, wie schön du lesen kannst«, flüstert sie.

»U – U – Ut… –«, probiere ich es wieder.

»Hör dir das an, Miriam. Wie hättest du dreißig Kinder unterrichten wollen, wenn du es nicht einmal schaffst, einem intelligenten Sechsjährigen beim Lesenlernen zu helfen?«

»Heute Nachmittag hat Benny einwandfrei gelesen, Matthias. Er ist müde.«

»Bist du müde, mein Sohn?«

Ich grabe die Zähne in meine Unterlippe, um nicht zu weinen.

Papa wuschelt mir durch die Haare. »Dann geh jetzt ins Bett und schlaf gut. – Morgen, wenn ich von der Arbeit komme, liest du mir die Seite vor. In Ordnung?«

Ich nicke.

Die ganze Nacht träume ich von Buchstaben. Buchstaben, die herumtanzen und ihre Plätze wechseln, sobald ich glaube, ein Wort entziffert zu haben.

Von: hiphopsandy@gmx.de
Datum: Dienstag, 18. Oktober, 9:22 Uhr
An: lauralee15@freenet.de
Betreff: Welcome back!

Morgen Laura!
Welcome back to school ;–) und vielen Dank für Dein Mitleid! Der Freitag war wirklich schrecklich! Stell Dir vor, als würden eine Vier und zwei Sechsen nicht reichen, haben wir in der letzten Stunde auch noch einen Chemie-Test geschrieben! Natürlich hatte ich keinen blassen Schimmer. Ich will schließlich Journalistin oder so was werden, nicht Mathematikerin oder Chemikerin.

Habe zu Hause immer noch nichts erzählt. Es geht mir nämlich total auf die Nerven, wenn mein Vater abgrundtief seufzt, die Augen verdreht und sagt: »Der Realschule solltest du doch wenigstens gewachsen sein, Sandra.«
Wenn meine Mutter über meine Noten Bescheid wüsste, würde sie mich sicher nicht mehr ins JUZ lassen. Und das kommt überhaupt nicht infrage. Schließlich arbeiten wir gerade an einer neuen Choreografie, mit der wir nächstes Frühjahr an einem Contest teilnehmen wollen.
Muss aufhören. Der Dudek will eine Runde Schnellschreiben veranstalten. Also ciao,
Sandy.

Von: hiphopsandy@gmx.de
Datum: Freitag, 21. Oktober, 12:07 Uhr
An: lauralee15@freenet.de
Betreff: Flying Fingers

Oh Mann! Besser gesagt: Hi Laura!
Haben gerade 'nen Test geschrieben. Ich glaube, ich habe eine Rekordanschlagszahl geschafft. Beste Voraussetzungen also für meine Karriere bei MTV oder Bravo-TV. Aber das interessiert wahrscheinlich wieder mal keinen Menschen. Auch die Zwei in Deutsch nicht. Interessieren tun nur die beiden Sechsen von neulich, die Vier in Physik und die Fünf in Chemie, die ich in der nächsten Stunde rauskriegen werde.
Meine Mutter war nämlich gestern beim Elternabend und

ist jetzt im Detail über meine Leistungen informiert. Natürlich hat sie heute Morgen beim Frühstück gleich entsprechend Stress gemacht. JUZ ist gestrichen – inklusive Hip-Hop-Training – Fernsehen ebenfalls. Mein Handy hat sie konfisziert! Arrrghhh!!! Das ist doch mittelalterlich, oder?!?!

Ich habe versucht zu erklären, dass ich eine naturwissenschaftliche Null bin. Und dass denen bei MTV das mit Sicherheit egal sein wird, solange ich astreine Interviews machen kann, egal ob auf Englisch oder auf Deutsch. Meine Mutter hat überhaupt nicht zugehört, sondern einfach weiter genervt. Irgendwann hielt ich es nicht mehr aus und habe sie angebrüllt: »Was willst du eigentlich? DU hast doch überhaupt keinen Beruf!«

Sie war sofort still, ist total blass geworden und hat dann geflüstert: »Ich habe es immerhin bis auf die Uni geschafft.«

»Musik fürs Lehramt und dann durchs Examen rasseln. Echt klasse!« Da hat sie mir eine geknallt und ist heulend aus der Küche gerannt.

Mein Vater sagt oft, meine Mutter könne sich freuen, einen Dummen wie ihn gefunden zu haben. Einen, der bereit ist sie durchzufüttern, obwohl sie nicht einmal richtig kochen kann.

Hoffe, dass es Dir besser geht als mir!

Hab ein schönes Wochenende – meines wird mit Sicherheit bescheiden,

Sandy.

6

»Wenn Matthias sehr angespannt von der Arbeit kam, habe ich die Kinder möglichst früh ins Bett gebracht, um Ärger zu vermeiden. Manchmal wurde er aber auch völlig unerwartet wütend.«
Miriam Schneider, 41 Jahre

Wir sitzen am Mittagstisch. Papa hat richtig gute Laune. Es ist Samstag und er hat den ganzen Vormittag im Garten mit uns gespielt. Verstecken und Räuber und Gendarm und Boccia. Jetzt haben wir alle Hunger.

»Und was gibt es als Hauptgericht?«, fragt Papa, als er seinen Löffel in die Gemüsesuppe taucht.

Mamas Gesicht wird so weiß wie ihre Bluse. »Das ist das Hauptgericht,« flüstert sie.

»Gemüsesuppe?« Papa guckt so ungläubig, dass Sandra kichern muss. »Am Wochenende?«

»Ich bin noch nicht zum Einkaufen gekommen.« Mama klingt wie die sieben Geißlein, als der Wolf an die Tür klopft.

»Ich kümmere mich den ganzen Vormittag um die Kinder und du schaffst es trotzdem nicht einzukaufen? Du kannst dich wirklich freuen, einen Dummen wie mich gefunden zu haben. Wer sonst wäre wohl bereit, dich durchzufüttern, obwohl du nicht einmal in der Lage bist, einen Haushalt zu führen?« Papa probiert die Suppe. »Oder zu kochen.« Er schiebt den Teller weit von sich.

Sandra, die bis jetzt in ihrem Teller herumgerührt hat, hebt einen Löffel Suppe dicht vor die Augen und brummt mit tiefer Stimme: »Bäh, was ist das denn?« Dann lässt sie Lauch und Karotten zurück in den Teller plumpsen. Die Brühe spritzt fast bis zur Tischmitte und ich halte die Luft an. Aber Papa lacht. »Siehst du, Schatz«, sagt er, »Sandra hält auch nichts von deinen Kochkünsten. Vielleicht sollten wir die Suppe lieber entsorgen und etwas Richtiges zu essen bestellen?« Und dann nimmt er seinen Teller und lässt ihn wie eine Frisbee-Scheibe durch die Luft segeln. Der Teller kracht an die Wand. Brühe läuft an der Tapete hinunter und versickert zwischen Scherben und Gemüse im Teppichboden.

Sandra lacht begeistert auf. Sie nimmt ihren eigenen Teller in beide Hände und will Schwung holen. Dabei schwappt der größte Teil der Suppe auf ihren Schoß, bevor der Teller auf dem Boden landet.

Papa lacht nicht mehr. »Es wird höchste Zeit,

dass du diesem Kind ein paar Manieren beibringst«, sagt er, steht auf und stürmt aus dem Esszimmer. Wir hören seine Schritte auf dem Flur und dann fällt die Tür des Arbeitszimmers krachend ins Schloss. Erst jetzt wagen wir wieder zu atmen.

Mama isst weiter. Ich höre ihren Löffel gegen den Rand des Tellers klirren und nach jedem Klirren höre ich sie schlucken. Mein Hals ist wie zugeschnürt. Nicht den kleinsten Löffel Suppe brächte ich jetzt noch hinunter. Trotzdem hebe ich den Blick nicht von meinem Teller.

»Nicht weinen, Mami«, höre ich Sandra flüstern.

Von: hiphopsandy@gmx.de
Datum: Samstag, 23. Oktober, 10:25 Uhr
An: lauralee15@freenet.de
Betreff: WUT

Hi Laura!
Ich bin so schrecklich wütend! Mein Vater ist eben in die Kanzlei gefahren, um irgendwelche Akten zu holen, und sofort hat meine Mutter die Gelegenheit genutzt, um ein »vernünftiges Gespräch« mit mir zu führen.
Wie ich das hasse!
Sie tut dann immer ganz sachlich und dabei denkt sie nicht im Traum daran, meine Argumente auch nur anzuhören!

Sie kam also in mein Zimmer, setzte sich auf mein Bett und sagte: »So geht das nicht weiter, Sandra.«
Ich schwieg.
»Ich habe deinem Vater noch nichts von deinen letzten Noten erzählt – das dürfte auch in deinem Interesse sein, oder?«
Wider Willen nickte ich. Vor der Reaktion meines Vaters hatte ich, ehrlich gesagt, ein bisschen Schiss.
»Dafür musst du mir aber versprechen, dich mehr anzustrengen, Schatz.«
Ich schwieg weiter.
»So intelligent wie du bist, dürfte es doch kein Problem sein, halbwegs anständige Noten zu bekommen, Sandra. Du weißt doch, wie wichtig deinem Vater das ist.« Ihre Stimme bekam etwas Flehentliches. »Du willst ihn doch sicher nicht enttäuschen.«
Nicht wirklich.
»Wenn du möchtest, können wir jederzeit ein paar Nachhilfestunden organisieren.«
»Auf keinen Fall!«
»Bitte, Sandra, nun sei doch vernünftig!«
»Wieso soll ich vernünftig sein, wenn du mich hier einsperrst?!«
»Ich sperre dich doch nicht ein!«
»Wie würdest du es denn nennen, dass ich nicht mehr ins JUZ darf? – Und wieso nimmst du mir mein Handy weg?«
»Weil ich weiß, wie schnell ein Nachmittag vergeht, wenn du mit Kim und Janine simst. Du musst jetzt wirklich ler-

nen, Sandra! Dann kannst du auch bald wieder ins JUZ.«
Darauf kann sie lange warten! Ich lasse mich doch nicht erpressen!! Wenn mein Vater wüsste, dass ich nicht tanzen darf, würde er das JUZ-Verbot sofort aufheben. Schließlich findet er Bewegung total wichtig. Aber vielleicht verzichte ich doch lieber ein, zwei Wochen aufs Training, als ihm meine diversen Sechsen zu beichten …?
Ich muss jetzt Schluss machen, denn er wird bestimmt jeden Moment zurückkommen und ich sitze an seinem Laptop. Das mag er nicht so gern.
Also ciao. Genieß wenigstens Du das Leben!
Sandy.

7

»Immer, wenn ich Dr. Schneider mit seinen Kindern gesehen habe, dachte ich, dass ich mich mehr mit meinen Töchtern hätte beschäftigen sollen.«
Walter Riemann, 78 Jahre, Nachbar

Zu ihrem fünften Geburtstag hat Sandra all ihre Kindergartenfreundinnen eingeladen. Das Haus und der Garten sind mit Luftballons und Girlanden geschmückt. Mama hat einen Schneewittchenkuchen gebacken und es soll Würstchen geben, bevor wir Topfschlagen spielen. Sandy kann es kaum erwarten, dass ihre Gäste mit den Geschenken kommen. Auf ihren Wangen leuchten zwei kreisrunde rote Flecken und auf ihrer Nase stehen kleine Schweißperlen. Die Rüschen an ihrem neuen Kleid sind schon völlig zerdrückt, als es zum ersten Mal klingelt.

Sandra rast zur Haustür und reißt sie auf. Janine und Nicole stehen davor. Sie überreichen Sandy ein Paket mit einer riesigen Schleife, in dem es geheimnisvoll klappert. Sandra fängt sofort an, das Geschenkpapier zu zerreißen, doch bevor sie fertig ist, klingelt es schon wieder. Es sind Kim und ihre Mama, und sie haben Lena mitgebracht. Kim und Lena kichern, als sie einen Karton vor Sandra abstellen, der beinahe größer ist als meine Schwester. Er ist nicht in buntes Geschenkpapier eingewickelt, sondern in grobes braunes Papier. Das finde ich so spannend, dass ich Sandy am liebsten helfen möchte. Aber die hat schon angefangen, das Papier zu zerfetzen. Der Karton, der zum Vorschein kommt, steckt voller zerknüllter Zeitungsseiten und unser Hausflur füllt sich in Windeseile mit Fitzeln von Geschenkpapier, mit Zeitungs- und Packpapier. Kims Mutter sieht lächelnd zu, während Mama hektisch versucht, ein wenig Ordnung in das Chaos zu bringen.

Da klingelt es schon wieder. Das muss Anna sein. Doch als Mama die Tür öffnet, steht Papa davor. Begeistert springt Sandra ihm an den Hals.

»Hallo, Wildfang«, lacht Papa, gibt Kims Mutter die Hand und küsst Mama auf die Wange.

»Was machst du denn hier?«, haucht Mama.

»Ich wollte dich überraschen«, schmunzelt Papa. »Habe mir extra den Nachmittag freigehalten, um dir zu helfen, mit dieser Rasselbande Geburtstag zu feiern.«

Das Lächeln von Kims Mutter wird etwas säuerlich: »Haben Sie ein Glück«, sagt sie. »Mein

Mann geht am liebsten auf Geschäftsreise, wenn ein Kindergeburtstag ansteht.« Sie verabschiedet sich und Papa sieht sich im Flur um. »Hier hat ja wohl eine Bombe eingeschlagen«, sagt er. »Benjamin, räum doch schon mal ein bisschen auf!«

»Aber wir …«

»Wir wollen jetzt erst einmal essen und dann Topfschlagen«, erklärt Mama. Papa wirft einen ungläubigen Blick auf die bonbonbunten, kichernden Mädchen und dann auf mich. »Du willst mit den Mädchen Geburtstag feiern?«

Ich schlucke.

»Also wirklich, Benjamin! Du bist sieben Jahre alt! Du hast doch auf der Geburtstagsfeier deiner kleinen Schwester nichts verloren.«

Ich fühle, wie mir die Tränen in die Augen steigen.

»Nein, mein Lieber! Wir räumen jetzt auf und gehen zum Bolzplatz, sobald Mama mich hier nicht mehr braucht.«

In diesem Moment knallt es fürchterlich.

»Was war das denn?!« Papa klingt, wie wenn er Ungeheuer spielt, und prompt fängt Lena an zu weinen. »Ich bin auf einen Luftballon getreten«, schluchzt sie. Mama geht neben ihr in die Hocke und versucht sie zu trösten. Papa gibt mir einen leichten Schubs, damit ich anfange, das Papier einzusammeln. Kim, die neben mir steht, streichelt scheu meinen Arm. Ich kann die Tränen nicht mehr zurückhalten. Sie kullern mir einfach über die Wangen.

Sandra hat sich in der Zwischenzeit unbeirrt in das Innere des großen Kartons vorgearbeitet. Jetzt hält sie eine flache Schachtel in die Höhe und kreischt begeistert: »Ein Barbie-Kleid!«

»Geht es vielleicht auch ein bisschen leiser?«, faucht Papa.

Die Türklingel schrillt.

»Verdammt ...!«, brüllt mein Vater.

Anna ist da.

Der Geburtstag ist gelaufen.

Mein Vater konnte aber auch ganz anders sein. Eines Sonntags – ich weiß gar nicht, ob Sandy da schon zur Schule ging –, stürmt er in mein Zimmer und zieht krachend die Rollläden hoch. »Aufstehen, Schlafmütze! Wird's bald? Wie kann man nur so faul sein?« Ich reibe mir die Augen. Draußen ist es stockdunkel. Was soll das? Bevor ich fragen kann, ist mein Vater schon nebenan, in Sandras Zimmer. Auch von dort tönt es: »Aufstehen, Faulpelz! Schnell, schnell, schnell! – Und warm anziehen!«

Er steckt den Kopf noch einmal in mein Zimmer. »Das gilt auch für dich, Benny. Warm anziehen. Beeil dich!«

Fünf Minuten später stehen wir zu dritt unten im Flur. Mama hat sich bis zur Nasenspitze in ihren Schal gewickelt und wirkt ebenso verschlafen wie ich. Nur Sandy ist hellwach. »Wo ist Papa?«, will sie wissen.

Der kommt eben die Kellertreppe hochgepoltert und hat unter jedem Arm einen unserer großen Holzschlitten. Auf dem Rücken trägt er einen vollgestopften Rucksack.

Sandra jubelt: »Hat es geschneit?«

»Ja, hast du denn nicht aus dem Fenster gesehen?«

»Es ist doch noch ganz dunkel draußen.«

»Kinder, Kinder.« Ungläubig schüttelt mein Vater den Kopf. »Sogar ein Blinder könnte sehen, dass es geschneit hat.«

Sandy kichert und auch Mama lächelt.

»Also los!« Draußen ist es immer noch dunkel, aber tatsächlich glitzert und funkelt im Licht der Straßenlaternen eine flaumige, unberührte Schneedecke. »Aufgesessen!« Papa setzt die beiden Schlitten in den Schnee und macht eine einladende Handbewegung. Mama will ihm eine Schlittenschnur abnehmen, aber er schüttelt den Kopf. »Du setzt dich auf den einen und die Kinder auf den anderen«, sagt er und dann zieht er tatsächlich beide Schlitten mitten auf der Straße Richtung Park.

Am Himmel zeigen sich erste blaue Streifen, aber noch kann man nur die weiße Fläche des Rodelhangs deutlich erkennen.

»Auf geht's – Plätze tauschen!«, ruft Papa, schwingt sich hinter Sandy auf den Schlitten und schon schießen die beiden wie die wilde Jagd den Hügel hinunter.

»Los Benny, hinterher!«, lacht Mama, aber sie kann nicht so kräftig anschieben wie Papa. Er und Sandy kommen uns schon wieder entgegen, bevor wir das Ende der Rodelbahn erreicht haben.

Mama und ich rennen um die Wette den Hügel hinauf und sausen wieder hinunter. Runter und rauf, runter und rauf, aber nie schaffen wir es, Papa und Sandra einzuholen.

Erst als sich ein roter Schein am Himmel ausbreitet, macht mein Vater eine Pause. »Ist das nicht wunderschön?«, sagt er und zieht Mama in seine Arme. Sie legt den Kopf an seine Schulter und zu viert sehen wir zu, wie die Sonne aufgeht. »So, jetzt gibt's Frühstück«, verkündet Papa und holt eine Thermoskanne mit dampfendem Kakao und jede Menge Käse- und Schinkenbrote aus seinem Rucksack. Kaum ist sie satt, wird Sandra schon wieder ungeduldig. »Weiter«, ruft sie und wirft einen Schneeball auf Papa. Der greift sich ans Herz, ächzt »Miriam!« und lässt sich vom Schlitten fallen. Statt sich besorgt über ihn zu beugen, stürzt Mama sich auf ihn und reibt sein Gesicht mit Schnee ein. Papa spuckt und ruft: »Sandra, Sandra hilf mir!« Aber Sandra hilft nicht ihm, sondern Mama. Und dann kann auch ich nicht länger zusehen und gemeinsam seifen wir Papa ein, bis er um Gnade fleht.

Erst als wir alle so durchgefroren sind, dass wir unsere Finger kaum noch bewegen können und Sandra weint, weil sie ihre Zehen nicht mehr spürt, machen wir uns auf den Heimweg. Mama hat rote Wangen und leuchtende Augen. In ihren dunklen Locken glitzert Schnee. Papa hat die jammernde Sandy auf die Schultern genommen und singt ein Quatschlied, damit sie nicht mehr an die Kälte in ihren Zehen und Fingern denkt.

Als wir in unsere Straße einbiegen, führen die ersten Nachbarn ihre Hunden aus, andere fegen den Schnee von den Gehsteigen. Außer uns ist niemand mit dem Schlitten unterwegs.

8

»Dieser Schneider war schon immer ein Weichei. Aber seine Schwester …«
Yannick Hochstetter, 17 Jahre

Von: hiphopsandy@gmx.de
Datum: Dienstag, 25. Oktober, 9:25 Uhr
An: lauralee15@freenet.de
Betreff: Lichtblick

Hi Laura!
Gestern ist was Tolles passiert! Ich war nachmittags mit Kim in einer AG von der Schule. (Dafür »darf« ich immerhin noch aus dem Haus.) Weil es ziemlich kalt war, haben wir auf dem Heimweg die Abkürzung über den Spielplatz genommen. Ich dachte gerade, wie unheimlich die Klettergerüste, Rutschen und Wipptiere aussehen, wenn es dunkel ist, als uns von den Bänken her jemand zurief: »Na, ihr Schnecken, wollt ihr uns nicht ein bisschen Gesellschaft leisten?«
Ich blieb stehen und versuchte, in der Dunkelheit etwas zu erkennen. »Das war doch Yannick, oder?«

»Genau! Also lass uns verschwinden!« Kim wollte mich weiterziehen.
»Dann ist Mo bestimmt auch in der Nähe!«
»Na und?«
»Was ist? Habt ihr Angst?!« Das war eindeutig Yannick.
»Nun komm schon, Sandy!«, drängte Kim.
»He, Mädels! Wir haben hier was Nettes für euch!«
»Das ist Mo!«, flüsterte ich. »Lass uns rübergehen!«
»Spinnst du?« Kim zerrte an meinem Arm. »Mo ist ein Widerling und Yannick hat sie nicht alle! Komm endlich!«
»Ich denke gar nicht daran! Hau doch ab, wenn du Angst hast!«
»Das tu ich auch«, zischte Kim. »Und gib bloß nicht mir die Schuld, wenn dir irgendwas passiert!« Sie drehte sich um und rannte fast zur Straße, während ich vorsichtig meinen Weg am Sandkasten entlang suchte.
Mo lümmelte auf einer der Bänke. In seinem dunklen Sweatshirt verschmolz er fast mit den Schatten ringsum. Yannick hockte wie ein riesiges, graues Ungeheuer auf der Lehne der Bank und rollte eine Flasche zwischen seinen Händen.
»Ganz schön finster, was?« Mos Stimme war anzuhören, dass er grinste. »Willst du dich zu uns setzen?« Er rutschte ein Stück und ich ließ mich neben Ihn fallen, wobei ich darauf achtete, Yannick nicht zu nahe zu kommen.
»Magst du?« Unversehens hatte ich Yannicks Flasche vor der Nase. Abzulehnen wäre mir blöd vorgekommen, aber innerlich schüttelte ich mich, als ich einen Schluck nahm. Das Zeug trieb mir die Tränen in die Augen und ich muss-

te husten. Yannick fiel beinahe von der Bank vor Lachen.
»Den verdünnten Stoff gibt's nur fürs JUZ«, erklärte Mo, und es war deutlich zu hören, dass sein Grinsen noch breiter wurde. Also setzte ich die Flasche noch einmal an.
»Erzähl das bloß nicht deinem Bruder, sonst vermöbelt der uns, weil wir seine kleine Schwester abgefüllt haben!«, wieherte Yannick.
»Stimmt. Tu das bloß nicht! Ich krieg schon Angst, wenn ich nur daran denke!« Mos Lachen kitzelte tief in meinem Bauch. Er saß so dicht neben mir, dass meine rechte Seite glühte. Ich hätte stundenlang so sitzen mögen, aber plötzlich warf Yannick seine leere Flasche ins Gebüsch und sagte: »Sollten wir nicht los?«
»Du hast recht!« Auch Mo warf seine Flasche weg und zog die Kapuze seines Sweatshirts über den Kopf. Yannick wuchtete sich von der Lehne und stieß dabei einen Rucksack um, der vor der Bank stand. Es klapperte, als wären jede Menge Dosen darin.
»Pass doch auf, verdammt!«, fauchte Mo und nahm den Rucksack auf die Schultern. »Also tschüss, Kleine«, sagte er. »Wir müssen weiter.«
»Man sieht sich«, brummte Yannick, setzte ebenfalls seine Kapuze auf und stapfte hinter Mo
her.
Mensch, die Stunde ist schon wieder um! Bis zum nächsten Mal,
Sandy.

9

»Wie Benjamin sich immer um seine kleine Schwester gekümmert hat, das war einfach rührend.«
Wiltrud Riemann, 76 Jahre, Nachbarin

Es kommt mir vor, als hätte ich Jahre meines Lebens auf dem Spielplatz verbracht. Obwohl ich weder den Rutschen noch dem Sandkasten noch dem Bolzplatz etwas abgewinnen konnte. Natürlich ist meine Mutter am Anfang noch mitgekommen, aber sobald ich in die Schule ging, war sie der Meinung, ich könnte allein auf meine Schwester aufpassen. So wie an diesem heißen Sommertag, als Sandra das Bad unter Wasser gesetzt hat. Die Lederhausschuhe meines Vaters dümpeln an der Türschwelle. »Ich habe Schiffe fahren lassen«, erklärt Sandra stolz. »Und dann bin ich nicht mehr an den Wasserhahn gekommen, weil die Wanne ganz voll war. Und dann sind die Schiffe mit dem Wasser über Bord gegangen.«

Und nun steht das Wasser zentimeterhoch im ganzen Bad.

»Sandra! Du kommst bald zur Schule! Du musst doch langsam mal vernünftig werden!« Einen Moment lang sieht es aus, als wolle Mama Sandy ohrfeigen, doch dann zieht sie nur ihre Strümpfe aus und watet an meiner Schwester vorbei ins Badezimmer, um das Wasser abzudrehen. Sandra hat vorsichtshalber angefangen zu heulen und heult noch lauter, als meine Mutter ihr unsanft die tropfnassen Sachen auszieht und sie in ein Badetuch wickelt. »Halt den Mund«, zischt Mama und darüber ist Sandy so erstaunt, dass sie tatsächlich mit der Heulerei aufhört.

Meine Mutter sieht mich im Flur stehen und sagt: »Benny, wärst du so lieb, ihr was Trockenes zum Anziehen zu geben und ihr die Haare zu föhnen?« Sie wirft einen Blick auf das nasse Chaos ringsum. »Ich brauche mindestens eineinhalb Stunden, um das hier in Ordnung zu bringen. Ihr könntet doch so lange auf den Spielplatz gehen, oder?«

Ich habe keine Lust, auf den Spielplatz zu gehen. Es ist viel zu warm und außerdem lese ich gerade ein richtig spannendes Buch. Aber meine Mutter sieht so verzweifelt aus, dass ich ihr das nicht sagen kann. Stattdessen helfe ich Sandra beim Umziehen und Föhnen, packe ihre Sandspielsachen zusammen und gehe mit ihr raus.

Die Sonne knallt vom Himmel und obwohl ein Sonnensegel über den Sandkasten gespannt ist, jammert Sandra schon bald, dass es ihr zu heiß ist. Auf ihrer kleinen Nase stehen Schweißtropfen und an ihren nackten Armen und Beinen klebt der Sand. Sie ist müde. Sie will nach Hause. »Halt den Mund«, zische ich, wie Mama das getan hat, aber bei mir funktioniert es nicht. Sandy quengelt weiter.

»Ach, ist das niedlich!«, tönt es plötzlich vom Rand des Sandkastens. Moritz steht dort und feixt, neben ihm Yannick, der inzwischen nicht nur einen Kopf größer ist als ich, sondern auch doppelt so breit. Dennis hält sich wie immer ein wenig im Hintergrund. Aber als Moritz fragt: »Ob die Burg wohl einen feindlichen Angriff aushält?«, da lacht auch er. Moritz tippt seinen Lederfußball zwei Mal auf die hölzerne Umrandung, bevor er zutritt. Der Ball zischt unter das Sonnensegel und trifft mich so hart an der Schläfe, dass glühende Punkte vor meinen Augen tanzen. Dann landet er mitten in unserer Sandburg. »Oooohhh, das tut mir aber leid«, höhnt Moritz, stapft zu uns herüber und zertritt dabei die letzten Reste der Burg. Er schnappt sich seinen Ball und zieht mit Dennis und Yannick weiter Richtung Bolzplatz. »Nicht weinen, ihr Babys!«, ruft er über die Schulter zurück.

Aber natürlich weint Sandra. Heulend schlägt sie mit ihrer kleinen Schaufel um sich. Plastikförmchen und Sand fliegen durch die Luft. Bevor ich meiner Schwester die Schaufel aus den Fingern winden kann, bekomme ich eine ganze Ladung ab. Plötzlich ist es mir egal, ob Mama mit Aufräumen fertig ist oder nicht. Zwischen meinen Zähnen knirscht Sand, mein Kopf tut weh und mir ist schlecht. Also packe ich Sandras Spielsachen zusammen und mache mich mit meiner plärrenden Schwester im Schlepptau auf den Heimweg.

An der Straßenecke stehen Frau Riemann und Frau Karl. Sie nicken mir lächelnd zu, als ich »Hallo« sage. Im Vorbeigehen kann ich Frau Riemann flüstern hören: »Ist es nicht süß, wie Benny sich immer um seine Schwester kümmert?«

Zwei Tage nachdem Sandra das Bad unter Wasser gesetzt hat, arbeitet mein Vater in der Garage. Irgendwann höre ich ihn rufen: »Miriam! Miriam, wo bist du?«

Ich tappe auf Strümpfen aus meinem Zimmer und spähe durch die Stäbe des Treppengeländers nach unten. Meine Mutter kommt aus der Küche. Sie trocknet sich im Gehen die Hände an einem Geschirrtuch ab. »Ja?« Ihr entfährt ein erschrockener Laut, als sie das in Zeitungspapier gewickelte Bündel sieht, das mein Vater in den Händen hält.

»Miriam, das hier habe ich in der Mülltonne gefunden. Kannst du mir das erklären?«

»Ich …«, flüstert meine Mutter. »Ich wollte dir neue kaufen, aber ich habe noch nicht die Richtigen gefunden.«

Mein Vater dreht das Bündel um. Seine Lederhausschuhe fallen zu Boden, die Zeitungsseiten flattern hinterher. Zwar kann ich es von meinem Beobachtungsposten aus nicht sehen, aber ich weiß, dass die Hausschuhe nicht mehr weich und glatt sind, sondern hart und spröde. Sandras Seefahrt ist ihnen schlecht bekommen.

»Wieso sind meine teuren Hausschuhe in einem solchen Zustand?«

»Sandra …«, entfährt es Mama. »Ich meine, ich …« Ihre Finger wringen das Geschirrtuch. Mit einer ungeduldigen Bewegung reißt mein Vater es ihr aus den Händen. »Sandra also wieder«, sagt er ganz leise. »Wann wirst du ihr endlich beibringen, dass meine Sachen für sie tabu sind?«

Meine Mutter knetet ihre Hände. »Matthias, ich …«

Plötzlich klingt mein Vater sehr müde. »Miriam«, sagt er. »Ich arbeite bis in die Nacht, damit es euch gut geht. Ist es wirklich zu viel verlangt, dass du wenigstens die Dinge hier im Griff behältst?«

Meine Mutter schüttelt den Kopf.

»Sieh mich mal an, Schatz.« Mein Vater legt einen Finger unter ihr Kinn und zwingt sie so, ihm in die Augen zu sehen. »Ich sorge für euch und du sorgst für die Kinder und den Haushalt. – So ist doch unsere Abmachung, oder?«

Mama nickt.

»Halte ich meinen Teil der Abmachung nicht ein?«

»Doch«, haucht Mama.

»Und warum du nicht?«

»Ich …«

»Sorg bitte dafür, dass wir uns solche Szenen in Zukunft sparen können, ja?« Es gibt ein kurzes, schnalzendes Geräusch und meine Mutter fasst sich mit einer Hand ans Auge, während sie mit der anderen nach dem Geschirrtuch greift. Mein Vater nimmt seinen Schlüsselbund aus der Glasschale auf dem Telefontischchen und geht. Meine Mutter presst noch immer eine Hand aufs Gesicht. Ich weiß, wie weh es tut, wenn einen so ein Stoffzipfel im Auge trifft. Eigentlich sollte ich hinuntergehen und Mama trösten, aber ich schleiche zurück in mein Zimmer.

10

»Sandra ist ein sehr intelligentes Mädchen. Dass ihre Leistungen teilweise so zu wünschen übrig lassen, führe ich nur auf ihre Disziplinlosigkeit zurück.«
Ursula Fraas, 32 Jahre, Realschullehrerin

Von: hiphopsandy@gmx.de
Datum: Mittwoch, 26. Oktober, 15:57 Uhr
An: lauralee15@freenet.de
Betreff: So was Blödes!

Mensch Laura,
ich muss Dir unbedingt schreiben. Mit Kim und Janine ist nicht vernünftig zu reden. Die beiden können ja soooo albern sein! Stell Dir vor, heute Morgen biege ich ganz ahnungslos um die letzte Ecke vor der Straßenbahnhaltestelle und wer steht da und wartet? Yannick! Dabei hat der da überhaupt nichts zu suchen! Schließlich geht er auf die Hauptschule und da kommt man zu Fuß hin.
Ich habe sofort den Rückwärtsgang eingelegt und das war gut so, denn als ich ganz vorsichtig noch einmal um die Ecke guckte, da starrte der Typ genau in meine Richtung!

Bildet der sich etwa irgendwas ein? Nur weil ich neulich aus seiner Flasche getrunken habe? Vorsichtshalber bin ich die fünfhundert Meter zur nächsten Haltestelle gejoggt. Die Straßenbahn habe ich so natürlich verpasst und kam zehn Minuten zu spät zum Unterricht. Die Fraas hat eine von ihren Standpauken losgelassen und das, obwohl ich einen super Aufsatz abgegeben habe!
Kim und Janine haben mich in der Pause total hochgenommen.
»Du scheinst ja seit Neuestem einen echten Fan zu haben«, grinste Janine.
»Und was für einen tollen Typen!«, feixte Kim. »Hat sich echt gelohnt, das Abenteuer am Montag, hm?«
»Bestimmt hat Yannick auf Mo gewartet«, versuchte ich abzuwiegeln.
»Hm. Bestiiiiimmt.« Janine und Kim nickten so heftig, dass ihnen beinahe die Köpfe abfielen, aber dann waren sie doch so freundlich, das Thema zu wechseln. Janine hat nämlich in einem Videoclip eine Schrittfolge gesehen, die sie uns unbedingt vormachen wollte.
Muss jetzt aufhören. Meine Mutter kann jeden Moment vom Einkaufen kommen. Wenn sie mich an Paps' Laptop erwischt, gibt es wieder Stress. Und wenn sie noch etwas länger braucht, kann ich vielleicht zum Training abhauen.
Also drück mir die Daumen,
Sandy.

Von: hiphopsandy@gmx.de
Datum: Freitag, 28. Oktober, 11:37 Uhr
An: lauralee15@freenet.de
Betreff: Mail you later

Hi Laura,
danke für Deine lange Mail. Kann jetzt leider nicht antworten, weil der Dudek Excel-Tabellen üben will. Melde mich heute Nachmittag, falls ich an Daddys Laptop komme.
Ciao,
Sandy.

Von: hiphopsandy@gmx.de
Datum: Freitag, 28. Oktober, 18:21 Uhr
An: lauralee15@freenet.de
Betreff: Schöner Mist!

Hi Laura,
war nichts mit Training vorgestern! Meine Mutter zieht das wirklich durch mit dem JUZ-Verbot. Und das ausgerechnet jetzt, wo WIR endlich Herbstferien haben! Schöner Mist!
Andererseits ist es vielleicht gar nicht schlecht, dass ich im Moment nicht rauskomme, denn Yannick stand jetzt drei Tage hintereinander morgens an der Straßenbahnhaltestelle. Das nervt total! Musste immer an der Ecke warten, bis ich die Bahn kommen hörte, dann lossprinten

und in den letzten Wagen springen. So hatte der Kerl zwar keine Chance, mich anzuquatschen, aber Janine und Kim haben sich jedes Mal halb totgelacht.
Und stell Dir vor – als ich eben aus meinem Fenster geguckt habe, stand der Kerl auf der anderen Straßenseite und glotzte herüber! Fühle mich langsam echt verfolgt.
Ich würde am liebsten einfach wegfahren. Mit meinem Vater zum Snowboarden auf irgendeinen Gletscher, das wär's! Aber ich brauche gar nicht zu fragen, denn ich weiß sowieso, was er sagen würde: »Liebend gern, Schatz, aber im Moment habe ich zu viel zu tun.«
Verziehe mich jetzt wohl besser, bevor er nach Hause kommt und mich an seinem Laptop findet. Drück mir die Daumen, dass die Woche schnell vergeht,
Sandy.

Von:	hiphopsandy@gmx.de
Datum:	Montag, 31. Oktober, 17:42 Uhr
An:	lauralee15@freenet.de
Betreff:	Ich sterbe!

Hi Laura,
glaubst Du, dass man vor Langeweile sterben kann? Ich habe den Eindruck, dass ich ohne meine Einwilligung für einen Feldversuch zu diesem Thema ausgewählt worden bin. Meine Mutter hält weiterhin am Hausarrest fest, und weil mein Vater am Wochenende mit einem Bekannten zum Gletscherski gefahren ist (wieso ohne

mich?!?! ☹☹☹!!), hat er keine Ahnung davon. Sonst hätte er sicher gefragt, was das soll. Und das würde meine Mutter ihm nicht erklären wollen – und mich deshalb wieder freilassen. Aber so …

Ich verstehe, dass mein Vater sich verzieht, wann immer er die Möglichkeit dazu hat. Bei der Trauermiene, mit der meine Mutter ständig rumläuft, kann sogar einem lustigen Typen wie ihm das Lachen vergehen. Das war schon immer so. Ich erinnere mich, dass ich mir einmal, als ich noch klein war, mit seiner großen Papierschere die Haare geschnitten habe. Ich sollte zwar nicht an Papas Sachen gehen, aber die Schere lag mitten auf dem Schreibtisch, als würde sie auf mich warten. Also hab ich mir vor dem Spiegel erst meinen Pony geschnitten, dann die Haare oben auf dem Kopf und zum Schluss die über den Ohren. Dann ging die Schere leider nicht mehr und meine Mutter ist gekommen und hat sich fürchterlich aufgeregt.

Obwohl ich seine Schere ruiniert hatte, hat mein Vater nur gegrinst, als er mich beim Abendessen sah. »Tolle Frisur, Sandra«, hat er gesagt. »Die würde Mama sicher auch gut stehen.«

Ich bin vor Lachen fast vom Stuhl gefallen, aber meine Mutter hat sich verschluckt und angefangen zu husten, als würde sie jeden Moment ersticken.

»Mensch, Miriam«, hat mein Vater gesagt, »das war ein Scherz!« Er hat zu mir geguckt und mit den Augen gerollt, sodass ich wirklich vom Stuhl gefallen bin. Ich hab noch versucht, mich am Tischtuch festzuhalten, aber das hat leider nicht funktioniert. Mein Teller ist runtergefallen

und zerbrochen und mein Saftglas auch. Als ich wieder hochgekommen bin, hat mein Vater schallend gelacht und Benny hat geflennt.
Meine Mutter hat sich beim Aufräumen an den Scherben geschnitten und ist wochenlang mit einer verbundenen Hand rumgelaufen. Irgendwie ist sie sowieso der lebende Beweis dafür, dass die meisten Unfälle im Haushalt passieren. Sie hat ständig blaue Flecken, weil jede Ecke und Kante nur darauf wartet, dass meine Mutter sich an ihr stößt. Und alle paar Jahre holt sie sich 'ne größere Verletzung, weil sie beim Putzen von der Leiter fällt oder so. Ein Grund mehr, niemals Hausfrau zu werden.
Zeit zum Abendessen. Es riecht ziemlich angebrannt. Trotz der heilen Reklamewelt, in der wir leben, ist meine Mutter eine miserable Köchin. Nicht einmal aufs Essen kann ich mich also freuen.
Ciao,
Sandy.

11

»Ich erinnere mich daran, dass Benjamin ziemlich lange brauchte, um sich am Gymnasium einzuleben.«
Reinhard Führlich, 54 Jahre, Oberstudienrat

Nachdem ich erst einmal kapiert hatte, wie das mit dem Lesen funktioniert, kam ich in der Schule gut zurecht. So gut, dass es völlig außer Frage stand, dass ich aufs Gymnasium gehen würde. Meine Mutter und ich plädierten leidenschaftlich für das musische, aber mein Vater sagte, ein brotloser Künstler in der Familie sei genug, und damit war die Sache entschieden. Deswegen treffe ich jetzt an der Straßenbahnhaltestelle auf Moritz. Er ist pünktlich wie jeden Morgen. Und er ist allein. Dennis und seine Familie sind vor Kurzem umgezogen und wohnen jetzt am anderen Ende der Stadt. Yannick hängt zwar immer noch in jeder freien Minute mit Moritz herum, aber Yannick geht in die Hauptschule und braucht nicht mit der Straßenbahn zu fahren.

Genau wie ich ist Moritz auf dem mathematisch-naturwissenschaftlichen Gymnasium. Anders als ich hat er damit nicht das geringste Problem. Er schreibt eine Eins nach der anderen. Das weiß ich so genau, weil wir beide in die 5a gehen. Jetzt kommt er feixend auf mich zu. »Na, Schneider, auch schon da?«, sagt er und boxt mich auf den Oberarm. Für die Umstehenden sieht das freundschaftlich aus. In Wirklichkeit tut es verdammt weh. Weil Moritz Kraft hat und weil er mit den Knöcheln zuschlägt. Ich antworte nicht, sondern steige in die Straßenbahn, die in diesem Moment quietschend vor uns hält. Im Gedränge dort drinnen bin ich einigermaßen sicher und kann in aller Ruhe das Mädchen mit den langen schwarzen Haaren betrachten, das neu in unserem Viertel ist. Vanessa heißt sie und geht in unsere Klasse. Sie sitzt in der Reihe vor mir. Ihr Haar duftet nach Kokos und Vanille und glänzt wie Rabenfedern. Doch Vanessa ist nicht nur schön, sondern auch klug. Und witzig. Und so schlagfertig, dass manchmal sogar Mo sprachlos ist. Leider hat sie keine Ahnung, dass es mich gibt.

Als die Straßenbahn an der Schule hält, beeile ich mich rauszukommen und erreiche ohne weitere Begegnung mit Moritz das Klassenzimmer. Trotzdem ist mir ein wenig übel, als sich die Tür hinter mir schließt, denn von meiner Mathematikhausaufgabe fehlt die Hälfte und auch die Englisch-Vokabeln sitzen nicht so, wie sie sollten, weil ich gestern wieder einmal stundenlang mit Sandra auf dem Spielplatz war.

Von: hiphopsandy@gmx.de
Datum: Dienstag, 1. November, 16:30 Uhr
An: lauralee15@freenet.de
Betreff: HILFE!!!

Hi Laura!
Ich wünschte, Du wärst hier und könntest erleben, was ich ertragen muss! Das glaubt mir niemand! Meine Mutter und Benny spielen Klavier – und das seit über zwei Stunden! Sie scheinen ein neues Stück einzuüben, denn sie fangen ständig wieder von vorne an. Bestimmt werde ich diese Woche verrückt! Kein Mensch kann so etwas bei intaktem Verstand überleben! Waren das Zeiten, als mein Bruder Klavierverbot hatte! Leider ist das lange vorbei.
Sandy.

Dass ein einzelnes Blatt Papier so viel wiegen kann! Das erste Zwischenzeugnis vom Gymnasium liegt so schwer in meiner Schultasche, dass ich gar nicht nach Hause möchte. Am liebsten würde ich weit weg fahren. Zu Oma vielleicht. Oma würde verstehen, dass man schlechte Noten in Mathe und Englisch und Deutsch haben kann, weil man lieber Klavier spielt, als zu lernen. Aber mein Geld würde nicht für eine Fahrkarte reichen, deswegen steige ich an unserer Haltestelle aus und schleppe mich nach Hause.

Im Hausflur riecht es verbrannt. Meine Mutter steht mit roten Augen am Herd und kratzt an einem völlig verkohlten Auflauf herum. »Hallo, Schatz«, murmelt sie und lässt das Messer sinken. »Wie ist dein ...« Sie erstarrt mitten im Satz. Der Hausschlüssel hat sich im Schloss gedreht, die Tür geht auf. Sandra poltert die Treppe herunter. »Na, Wildkatze«, lacht mein Vater. »Hast du gezündelt?«

»I wo«, sagt Sandra. »Mama hat den Auflauf anbrennen lassen.«

»Wieder mal?« Wir hören meinen Vater seufzen und dann steht er auch schon in der Küche und blickt resigniert auf die teerartige Masse, die meine Mutter bearbeitet.

»Das bedeutet ja wohl kalte Küche?« Erst jetzt bemerkt er mich und ein Lächeln breitet sich auf seinem Gesicht aus. »Benjamin, du bist ja auch schon da! Zeig mir dein Zeugnis, Großer.«

Mein Magen ballt sich zusammen wie eine Faust, meine Finger zittern. Warum fragt er Sandra nicht nach ihrem Zeugnis? Warum muss nur ich gute Noten haben?

Lächelnd sieht mein Vater zu, wie ich erst mit den Schlössern meiner Schultasche und dann mit dem Gummizug der Mappe kämpfe, in der das Zeugnis liegt. In der Küche ist es ganz still geworden. Nur Sandra bewegt sich wie ein Kreisel summend durch den Raum. Ich gebe meinem Vater das Zeugnis. Er setzt seine Brille auf und dann wandern seine Augen über die Bemerkung des Klassenlehrers *»Benjamin könnte erheblich mehr leisten, wenn er sich auf seine Arbeit konzentrieren würde«* und die Zahlenkolonne entlang. Sein Blick geht zurück zum Kopf des Blattes, als wolle er sich vergewissern, dass ich ihm keinen Streich spiele, dass er nicht das Zeugnis eines anderen in den Händen hält.

»Versetzung gefährdet?«

Ich möchte mich ganz klein machen, mich irgendwo verstecken, doch dann merke ich, dass mein Vater gar nicht mit mir spricht. »Miriam, hast du gewusst, dass Benjamins Versetzung gefährdet ist?«

Meine Mutter beschäftigt sich mit dem, was unser Mittagessen sein sollte.

»Wieso bin ich der Meinung, mein Sohn käme problemlos in der Schule zurecht, und halte dann ein solches Zeugnis in den Händen?!«

Sandy hört auf, Brummkreisel zu spielen, und verfolgt jetzt mit weit aufgerissenen Augen die Szene.

»Antworte gefälligst, Miriam!!«

»Sieh doch genau hin«, sagt meine Mutter.

»Musik, Kunst, Erdkunde, Religion – lauter Einsen.«

»Was ich sehe, sind Fünfen in Englisch und Mathematik und eine Vier in Deutsch.« Mein Vater nimmt die Brille ab, schließt die Augen, massiert mit Daumen und Zeigefinger seine Nasenwurzel. Als er die Augen wieder öffnet, sieht er schrecklich enttäuscht aus. »Hast du etwas dazu zu sagen, Benjamin?«

Mein Blick fliegt zwischen meinem Vater und meiner Mutter hin und her. Warum hat sie ihm nicht früher gesagt, dass ich auf der falschen Schule bin? Sie hat es doch gewusst! Aber Mama sieht mich nicht an. Sie kratzt immer noch mit einem Messer in der Auflaufform herum. Und dann rutscht das Messer plötzlich ab. Blut pulsiert aus dem Handballen meiner Mutter, tränkt in Sekundenschnelle den Ärmel ihrer weißen Bluse.

»Miriam …!« Mein Vater springt auf. Er nimmt Mama Auflaufform und Messer aus den Fingern, öffnet die Manschette ihrer Bluse, krempelt den Ärmel hoch. Er dreht den Wasserhahn auf und zwingt Mama, ihre Hand darunter zu halten. Als er sieht, wie tief der Schnitt ist, zieht er sein sauberes Taschentuch aus der Hosentasche und presst es auf die Wunde. »Benny, schnell, den Verbandskasten!« Ich rase hinauf ins Bad, um den Erste-Hilfe-Kasten zu holen, und sehe dann zu, wie mein Vater mit ruhigen, sicheren Bewegungen die Wunde verbindet. »Ich bringe dich nach oben«, sagt er zu Mama. »Du musst dich hinlegen. – Die Beine hochlagern. – Du bekommst sonst noch einen Kreislaufzusammenbruch.«

Tatsächlich sieht meine Mutter aus, als würde sie jeden Moment umkippen. Mein Vater nimmt sie am Arm und führt sie die Treppe hinauf. Wir hören ihn sanft auf sie einreden, dann schnappt mit leisem Klicken die Schlafzimmertür zu und mein Vater kommt zurück in die Küche. Er blickt sich um und sagt mit schiefem Lächeln: »Ich fürchte, wir werden Pizza bestellen müssen.«

Von Zeugnissen wird nicht mehr gesprochen.

12

»Was hätte ich denn tun sollen? Miriam hat schließlich jedes Gespräch abgeblockt.«
Margarete Gerstacker, 66 Jahre, Mutter von Miriam Schneider

»Mach das nie wieder. Hast du mich verstanden? Nie wieder!« Ich bin aufgewacht, weil ich auf die Toilette musste, aber nun stehe ich wie festgewachsen vor der Schlafzimmertür meiner Eltern. Mein Vater flüstert. Trotzdem verstehe ich jedes Wort. »Ich will in Zukunft genau Bescheid wissen über die schulischen Leistungen meiner Kinder. Ist das klar? Ich dachte wirklich, dass sogar du begreifst, wie wichtig heutzutage eine gute Schulbildung ist.«

Meine Zähne klappern. Meine Füße scheinen aus Eis zu sein. Ich sollte schnell wieder ins Bett gehen, doch das satte Klatschen, das den letzten Worten meines Vaters folgt, nagelt mich an meinen Platz.

Meine Mutter wimmert.

»Und wenn du mich noch einmal so hintergehst, ...«, Klatsch »... wird dir das ...«, Klatsch »... ewig leidtun!« Klatsch. – Klatsch. – Klatsch.

Endlich gehorchen meine Füße mir wieder. Endlich kann ich mich umdrehen und in mein Zimmer rennen, die Tür hinter mir zuwerfen, ins Bett fallen, mich unter der Decke verkriechen – genau in dem Moment, als nebenan etwas klirrend zu Bruch geht. Danach ist es still. So still, dass das Ticken meines Weckers dröhnt wie Paukenschläge.

»Miriam? – Miriam?! – Miriam!!« Mein Vater gibt sich keine Mühe mehr, leise zu sein. Seine Stimme dringt durch die Wand, bis unter meine Bettdecke. Mein Herz rast. Meine Zähne klappern.

»Miriam, nun komm schon!«

Sekunden verticken. Oder sind es Minuten? Die Schlafzimmertür wird aufgerissen. Mein Vater stürmt die Treppe hinunter zum Telefon. »Hallo? – Schneider hier. – Ich brauche einen Krankenwagen!«

Alles in mir zieht sich zusammen, als ich die Panik in seiner Stimme höre. Mein Vater nennt unsere Adresse, macht weitere Angaben, legt auf. Ich höre ihn Türen öffnen und schließen und mit schweren Schritten die Treppe wieder heraufkommen. Plötzlich geht im Schlafzimmer etwas mit entsetzlichem Krach zu Boden und fast im selben Moment flackert von der Straße her blaues

Licht. Autotüren schlagen. Es bummert an der Haustür. Mein Vater eilt hinunter und öffnet. Plötzlich ist das Haus voller Geräusche und dann sagt eine fremde Stimme: »Oh mein Gott« und es wird richtig hektisch. Jemand rennt die Treppe hinunter, hastet wenig später wieder herauf. »Ich hab sie.« – »Bleiben Sie bei uns! – So ist es gut. – Vorsichtig jetzt.« Dann wieder Schritte. Schwere Schritte dieses Mal. »Passt bloß auf! Die Treppe ist verdammt steil!« – »Sie kommen doch mit, oder?« – »Natürlich … Einen Moment … Die Kinder …«

Ich rolle mich zu einer festen Kugel zusammen und ziehe mir die Bettdecke über den Kopf. Meine Zimmertür wird vorsichtig geöffnet. Ich rühre mich nicht, lausche nur dem schweren Atem meines Vaters. Die Tür geht wieder zu und seine Schritte verharren vor Sandras Zimmer, bevor sie sich stockend die Treppe hinunterbewegen. Autotüren schlagen, dann wird die Nacht wieder still und ich schlafe irgendwann ein.

Als ich aufwache, hat mein Vater Frühstück gemacht und erklärt gerade meiner Schwester, dass Mama einen Unfall hatte.

»Beim Vorhangabnehmen von der Leiter gefallen? Morgens um zwei?« Meine Großmutter klingt ungläubiger als jeder Fernseh-Staatsanwalt.

»Ich hab ja auch gedacht, ich seh nicht richtig.

Ich war im Wohnzimmer eingedöst, und als ich ins Schlafzimmer kam, stand Miriam auf der Leiter … Wahrscheinlich habe ich sie erschreckt, als ich die Tür aufmachte, und deswegen ist sie gefallen. Ich mache mir solche Vorwürfe …« Mein Vater nimmt seine Brille ab und reibt sich die Augen. Fast sieht es aus, als stünden Tränen darin.

Meine Großmutter schält Kartoffeln fürs Abendessen. Eigentlich wollte sie ins Krankenhaus, aber mein Vater hat ihr gesagt, die Ärzte hätten Mama absolute Ruhe verordnet. »Gib ihr zwei, drei Tage Zeit, um sich zu erholen«, hat er gebeten. Meiner Großmutter ist deutlich anzusehen, dass ihr das überhaupt nicht gefällt, aber sie wartet wirklich drei Tage, bis sie mit Sandy und mir den ersten Krankenbesuch macht.

»Was ist das für ein Unsinn?«, fragt sie streng, als sie am Bett meiner Mutter sitzt.

»Ich weiß ja selbst nicht, was in mich gefahren ist.« Mama versucht zu lächeln. Sie spricht undeutlich, ihr Gesicht ist grün und blau, auf der Nase sitzt ein breites Pflaster. Ihre Arme sind dick eingebunden. »Natürlich hätte ich bis zum Morgen warten sollen. Aber es war so viel zu tun und ich konnte sowieso nicht schlafen …«

»Das ist doch Blödsinn, Kind! Wir müssen unbedingt miteinander reden, sobald du hier rauskommst.«

»Da gibt es nichts zu reden, Mama.« Meine Mutter versucht immer noch zu lächeln und meine Großmutter sieht aus, als würde ihr das Schmerzen bereiten.

»Ich bin einfach keine gute Hausfrau – und fürchterlich ungeschickt ...«

Oma seufzt. »Natürlich bist du keine Hausfrau. Du bist Musikerin!«

»Mama ...!«

»Ich bin heute noch wütend auf deinen Vater, dass er dir ausgeredet hat, Pianistin zu werden! Musik fürs Lehramt! Was für eine Verschwendung! Kein Wunder, dass du nicht mit der nötigen Überzeugung bei der Sache warst!«

»Mama, bitte ...!«

»Ich weiß, ich weiß ...« Mit gerunzelten Augenbrauen sieht meine Großmutter zu uns herüber. »Trotzdem, Miriam. Wir müssen reden.«

Meine Mutter hat aus dem Krankenhaus angerufen und mich gefragt, wann Omas Zug fährt. Ich dachte, sie wollte rechtzeitig kommen, um sich zu verabschieden, aber ihr Taxi hält erst vor dem Haus, als mein Vater und Oma zum Bahnhof gefahren sind.

Das Gesicht meiner Mutter sieht aus wie ein Regenbogen, und wenn sie spricht, zischt sie. Erst jetzt fällt mir auf, dass ihr ein Zahn fehlt. Als Mama meinen Blick bemerkt, hält sie sich eine

Hand vor den Mund und sagt: »Nächste Woche habe ich einen Termin bei Dr. Lehmann.«

Wenig später kommt mein Vater vom Bahnhof zurück. Er sieht zuerst nach meiner Mutter, die sich hingelegt hat, dann ruft er mich ins Wohnzimmer. »Wir müssen uns unterhalten«, sagt er. »Von Mann zu Mann.«

Ich spüre, wie meine Handflächen feucht werden.

Mein Vater sitzt ganz ruhig in seinem Sessel und lächelt mich an. »Dir ist doch sicher klar, Benjamin, dass du in der Schule gute Leistungen bringen musst, wenn du im Leben einmal etwas erreichen willst, oder?«

Was soll ich dazu sagen? Ich nicke.

Mein Vater lächelt immer noch. Ein zufriedenes Lächeln.

»Siehst du, deshalb habe ich mit deiner Mutter vereinbart, dass sie dir erst wieder Klavierstunden gibt, wenn deine Schulnoten besser geworden sind.«

Ich stehe vor meinem Vater und kann nicht glauben, was er da sagt. »Ich darf nicht mehr Klavier spielen?«

»Ich fürchte, dass dich das zu sehr vom Lernen ablenkt, Benjamin. Und auch deiner Mutter wird ein Stein vom Herzen fallen, wenn du keine Probleme mehr in der Schule hast. Sie freut sich mindestens so sehr wie ich, wenn du gute Noten bekommst.« Mein Vater sieht mich lange an. »Du willst deiner Mutter doch sicher Freude machen, oder?«

Ich nicke.

»Haben wir uns also verstanden?«

Ich nicke noch einmal. Sprechen kann ich nicht.

13

»Matthias hat ständig von seiner Familie erzählt. Von seinem klugen Sohn, seiner pfiffigen Tochter, seiner tüchtigen, schönen Frau. Manchmal konnte man es wirklich nicht mehr hören.«
Michael Wagner, 38 Jahre, Kanzlei Schneider & Wagner

Von: hiphopsandy@gmx.de
Datum: Mittwoch, 2. November, 20:31 Uhr
An: lauralee15@freenet.de
Betreff: Geschafft!

Hi Laura,
heute habe ich meine Mutter endlich so weit gekriegt, dass sie mich rausgelassen hat! Dass ich unmöglich lernen kann, wenn ich nicht zwischendurch Bewegung bekomme, und dass wir unbedingt an unserer neuen Choreografie arbeiten müssen, hat sie schließlich eingesehen. Vor lauter Begeisterung darüber hatte ich total vergessen, dass Janine diese Woche mit ihren Eltern in London ist. Ohne sie saßen Kim und ich ziemlich dumm im Probenraum herum. Wir haben zwar ein bisschen was ausprobiert, aber zu zweit funktioniert es einfach nicht richtig. Also sind wir in

die Disco rübergegangen. Ich konnte mein Glück kaum fassen: Mo hing dort mit ein paar von den Älteren herum. Sie schienen Rhymes auszuprobieren, denn hin und wieder brachen sie in beifälliges Lachen aus, wenn einer ein paar Zeilen von sich gegeben hatte.
Leider machte Kim mir wieder mal einen Strich durch die Rechnung. »Schade, nichts los hier«, stellte sie laut fest und drehte sich auf dem Absatz um. Genau in diesem Moment sah Mo zu uns herüber und grinste breit.
Ich spürte, wie ich rot anlief, und ließ mich von Kim nach draußen ziehen. Den ganzen Heimweg über habe ich mich geärgert, dass ich nicht dageblieben bin.
Wieso muss das Leben bloß so kompliziert sein?
Sandy.

Von: hiphopsandy@gmx.de
Datum: Donnerstag, 3. November, 1:09 Uhr
An: lauralee15@freenet.de
Betreff: Wow!

Mensch Laura,
stell Dir vor, als mein Vater heute von der Arbeit nach Hause kam, rief er schon im Flur: »Sandra, komm mal runter!«
Ich war noch auf der Treppe, da fragte er bereits: »Warst du in letzter Zeit wieder an meinem Laptop?«
Ich bremste abrupt. »Wir haben in der Schule dieses E-Mail-Projekt«, erklärte ich. »Und jetzt, wo Ferien sind …«

»Sandra! Wie oft habe ich dir schon gesagt, dass du die Finger von meinen Sachen lassen sollst? – Tausend Mal?«
»Eher zweitausend, oder?«, sagte ich.
»Meinst du, du wirst das irgendwann noch kapieren?«
Ich musste grinsen, weil er jetzt todtraurige Augen machte.
»Ich glaube schon«, sagte ich vorsichtig.
»Ich muss die Hoffnung also noch nicht vollkommen aufgeben?«
»Auf keinen Fall.«
»Dann komm runter und hilf mir.«
Wir gingen hinaus zum Auto und weißt Du, was er dabeihatte? Einen PC! Für mich! Für mich allein!
»Damit wenigstens mein Laptop in Zukunft vor dir sicher ist«, grinste Paps.
Wir haben den ganzen Abend ausgepackt und aufgebaut und einen Internetzugang für mich eingerichtet und dann konnte ich zum ersten Mal surfen, solange ich wollte!
Lästig war nur, dass meine Mutter gleich wieder versuchte, alles mieszumachen. »Hast du keine Angst, dass ein eigener PC Sandra viel zu sehr vom Lernen abhält?«, fragte sie meinen Vater, als wir noch mitten im Aufbauen waren.
Gott sei Dank hat er nur gelacht und gesagt: »Miriam, die Zeiten, in denen Frauen durchs Leben kamen, ohne einen Schimmer von Computern zu haben, sind vorbei. Für Sandra ist ein eigener PC mindestens so wichtig wie für Benjamin.«
Recht hat er!
Sandy.

Von: hiphopsandy@gmx.de
Datum: Samstag, 5. November, 22:12 Uhr
An: lauralee15@freenet.de
Betreff: ☺☺☺!!!

Laura,
Du ahnst nicht, was heute passiert ist! Habe beim Mittagessen ganz unschuldig gefragt, ob ich nachmittags mit Kim in die Stadt könnte. Meine Mutter warf mir zwar einen bösen Blick zu, aber bevor sie irgendwelche Einwände erheben konnte, hatte mein Vater schon »Natürlich« gesagt.
Leider musste ich dann hören, dass Kim total erkältet ist und nicht raus darf. Also bin ich allein losgefahren, um mir den Tanzfilm anzusehen, der letzte Woche angelaufen ist. Und was meinst Du, wer vor mir an der Kinokasse stand? Genau! Mo! OHNE SEINE FREUNDE!
Mein Herz hat geschlagen wie wild. Wahrscheinlich hat er das gehört, denn er drehte sich um und LÄCHELTE. »He«, sagte er. »Das ist ja eine Überraschung. Soll ich dir auch gleich 'ne Karte kaufen?« Mein Mund war so ausgetrocknet, dass ich nur nicken konnte, und dann saß ich wirklich und wahrhaftig mit MO im Kino! Und wir hatten einen DOPPELSITZ!!! Blöd war nur, dass er Karten für einen richtig ekligen Horrorfilm gekauft hatte. Als es zum ersten Mal ganz schlimm wurde, hab ich mein Gesicht an seine Schulter gedrückt. ☺☺! Beim nächsten Mal nahm er mich ganz von sich aus in den Arm, zog meinen Kopf an seine Schulter und spielte mit meinen Zöpfen, bis das

größte Gemetzel vorbei war. Ich sage Dir – von da an hätte der Film ruhig noch viel ekliger sein können! Vanessa wird sich wundern!
Ciao,
Sandy.

Von: hiphopsandy@gmx.de
Datum: Montag, 7. November, 19:03 Uhr
An: lauralee15@freenet.de
Betreff: ☹☹☹!

Hi Laura!
Heute Morgen in der Straßenbahn hat Mo mich überhaupt nicht beachtet! Stattdessen hat er mit Vanessa rumgeknutscht, als wollte er ihr die Mandeln rausoperieren. ☹☹☹.
»Seht euch das bloß an«, krächzte Kim, die immer noch übel erkältet ist. »Ein paar Tage Ferien und der Kerl ist voll auf Entzug.«
»Das muss man schon verstehen«, kicherte Janine. »Schließlich hat er Vanessa eine ganze Woche nicht gesehen.«
»Wie kommst du darauf?«
»Ich hab sie getroffen!«
»Vanessa?«
»In London?« Kim nieste heftig.
»Ja! Stellt euch vor: Ich hab sie am Picadilly Circus fast über den Haufen gerannt. Sie war mit ihrer Mutter zum Shoppen … Eigentlich ist sie total nett …«

»Kann ich mir nicht vorstellen«, schniefte Kim. »Nette Menschen sind nicht mit Typen wie Mo zusammen.«
»Der scheint echt Nachholbedarf zu haben«, grinste Janine.
Die Straßenbahn hielt am Gym und die beiden stiegen aus, Mo mit einer Hand auf Vanessas Hintern. Draußen drehte er sich kurz um und blinzelte mir zu.
Wie soll ich das verstehen?
Sandy.

14

»Ich habe Matthias immer verziehen. Aber dass er Benny geschlagen hat, das war zu viel.«
Miriam Schneider, 41 Jahre

Trotz Nachhilfe ändert sich auch im zweiten Halbjahr nicht allzu viel an meinen Noten.

»Schon wieder eine Vier in Mathematik? Wie soll das denn weitergehen, Benjamin?« Es ist der Donnerstag vor den Pfingstferien. Wir sitzen beim Mittagessen und auf der Stirn meines Vaters ziehen sich Gewitterwolken zusammen. Ich hatte gehofft, dass er zu beschäftigt sein würde, um mittags nach Hause zu kommen, denn dass die Kombination aus angebranntem Gulasch und schlechten Noten seine Laune auf den Gefrierpunkt sinken lassen würde, war klar.

Als ich meiner Mutter die Mathe-Vier gebeichtet habe, ist sie auf einen der Küchenstühle gesunken, hat den Kopf in den Händen vergraben und nicht mehr auf das Essen geachtet, bis es anfing, verbrannt zu riechen.

»Was ist mit Deutsch?«, fragt mein Vater jetzt und schiebt angeekelt ein Stück Fleisch an den Tellerrand. »Habt ihr den Aufsatz schon zurückbekommen?«

Haben wir. Also nicke ich.

»Kannst du nicht einmal klar und deutlich antworten, wenn ich dich etwas frage?« Mein Vater schiebt ein weiteres Stück Fleisch beiseite.

Ich muss schlucken und mich räuspern. »Ja, den Aufsatz haben wir heute zurückbekommen.«

»Und?«

»Ich habe eine Drei. Eine Drei minus.«

Mein Vater legt das Besteck auf seinen halb vollen Teller und schiebt ihn weit von sich. Ich kann ihm nicht in die Augen sehen, kann nur seine Finger beobachten, wie sie die Serviette glatt streichen und zusammenfalten. Aus den Augenwinkeln sehe ich, dass die Hände meiner Mutter zittern, als sie nun ebenfalls Messer und Gabel sinken lässt.

»Eine Drei minus. In deiner Muttersprache …«, sagt mein Vater. »Ist es wirklich zu viel verlangt, dass du wenigstens deine Muttersprache beherrschst?«

Was soll ich darauf antworten? Ich zucke die Schultern. Eine Geste, die mein Vater hasst.

»Du bist wirklich genauso dämlich wie deine Mutter!«

Ich spüre Mama neben mir zusammenzucken

und dann sagt jemand klar und deutlich, so wie mein Vater es gerne hat: »Meine Mutter ist nicht dämlich!«

»Pscht, Benny«, haucht Mama.

Sandra verhält sich ausnahmsweise still.

Mein Vater sagt erstaunt: »Wie bitte?«

»Mama ist nicht dämlich!«, wiederhole ich. Nicht mehr ganz so klar und deutlich.

»So? Und wie würdest du jemanden nennen, der nicht einmal in der Lage ist, ein ordentliches Mittagessen auf den Tisch zu bringen?«

»Dass das Essen anbrennt, kann jedem einmal passieren!« Mama macht noch einmal »Pscht!«, aber ich kann nicht aufhören. »Du hast kein Recht, so über sie zu reden!«

Ich sehe die Hand meines Vaters kommen, doch ich kann ihr nicht ausweichen. Sie landet so heftig in meinem Gesicht, dass ich vom Stuhl falle und mit dem Kopf an die Wand schlage.

Sandra und Mama sitzen da wie erstarrt. Benommen schüttle ich den Kopf, registriere das dumpfe Pochen in meiner Wange. Meine Lippe fühlt sich an, als gehörte sie nicht zu mir. Ich wische mit der Hand darüber und sehe verwundert erst auf meine blutigen Finger, dann auf meinen Vater. Ich kann es nicht glauben. Weder das Blut an meinen Fingern, noch den Ausdruck in seinen Augen.

Mein Vater sieht aus, als hätte er Angst.

Von: hiphopsandy@gmx.de
Datum: Mittwoch, 9. November, 21:21 Uhr
An: lauralee15@freenet.de
Betreff: Würg!

Jeden Tag kleben sie aneinander! Sogar im JUZ! Es ist nicht auszuhalten! So macht das Hip-Hop-Training gar keinen Spaß mehr!
Wenn meine Mutter bloß nicht so spießig wäre! Wenn ich mir auch ein Tattoo machen lassen dürfte und zwei, drei Piercings. Und wenn ich endlich die Klamotten kaufen könnte, die ICH will, dann hätte ich bestimmt Chancen bei Mo! Schließlich tanze ich viel besser als diese blöde Vanessa!
Sandy.

Von: hiphopsandy@gmx.de
Datum: Freitag, 11. November, 11:52 Uhr
An: lauralee15@freenet.de
Betreff: Nein!

Nein Laura,
es gibt keine Alternative zu Mo! In unserem Viertel wohnen bloß Streber und Weicheier wie mein Bruder. (Und der gruselige Yannick.) Und wenn Du ihn mal gesehen hättest, würdest Du sowieso verstehen, warum für mich kein anderer infrage kommt. Ich müsste nur irgendwie Vanessa ausschalten. Na ja, wahrscheinlich müsste ich

mich auch über Nacht von einer Achtklässlerin in eine Zehntklässlerin verwandeln, denn dass Mo nicht mit einer gesehen werden will, deren Freundinnen ständig rumkichern wie Kindergartenkinder, kann ich sogar verstehen.
Die Kindergartenkinder kommen übrigens heute zum Übernachten. (Wenn nicht gerade ein Zehntklässler in der Nähe ist, sind sie total okay ;-)!) Wir wollen unsere neuen Schritte üben und dann machen wir DVD-Abend mit Popcorn und Cola und *8 Mile*. Kims große Schwester hat uns außerdem *Bad Boys* besorgt. Das wird sicher cool. Hoffe bloß, dass meine Mutter sich raushält. Nicht dass ihr einfällt, wir seien zu jung für die Filme oder so. Manchmal ist sie total unberechenbar …
Stell Dir vor, einmal ist sie mit uns ins Frauenhaus gegangen, weil mein Vater Benny eine Ohrfeige gegeben hat. Echt! Eine einzige Ohrfeige! Bei so einer Frau muss man jederzeit mit allem rechnen …
Wünsche Dir ein tolles Wochenende,
Sandy.

15

»Die Frauen, die zu ihren Männern zurückkehren, tun dies meist innerhalb der ersten ein, zwei Wochen.«
Elke Mahler, 37 Jahre, Frauenhaus-Mitarbeiterin

Mein Vater ist weg und meine Mutter hat mich mit einem Eisbeutel ins Bett verfrachtet. In meiner Lippe und in meinem Kopf pocht es. Ich will nicht mehr daran denken, aber sobald ich die Augen zumache, sehe ich die Hand meines Vaters wieder auf mich zukommen, spüre, wie ich mit dem Kopf an die Wand knalle.

Meine Mutter hat sich in Papas Arbeitszimmer eingeschlossen. Ihre Stimme dringt durch den Fußboden zu mir herauf. Sie scheint zu telefonieren. Sehr lange. So lange, dass ich eindöse und erst wieder wach werde, als Mama Sandra zuruft: »Geh in dein Zimmer und pack ein paar Sachen. Wir verreisen.«

Verreisen? Morgen ist doch noch Schule! Und wieso soll Sandra selbst ihre Sachen packen? Sie protestiert auch umgehend.

»Benny?« Meine Mutter öffnet meine Zimmertür. »Benny, Schatz, wir verreisen. Meinst du, du kannst selbst ein paar Sachen zusammensuchen, wenn ich dir eine Tasche bringe? Das Taxi ist in einer Stunde da.«

»Kommt Papa nicht mit?« Sandra drängelt sich an Mama vorbei ins Zimmer.

»Euer Vater hat keine Zeit. Wir müssen diesmal ohne ihn fahren.«

»Ich will aber nicht ohne Papa fahren!«, heult Sandra und stampft mit den Füßen. Mama schiebt sie hinaus. »Leg zurecht, was du brauchst, Benny«, sagt sie, »nur für ein paar Tage.«

Ich höre sie treppauf und treppab eilen. Vom Dachboden, wo unsere Koffer aufbewahrt werden, ins Schlafzimmer, dann weiter zu Sandra und wieder hinunter ins Erdgeschoss. Schranktüren und Schubladen werden aufgerissen und zugeknallt.

Wie betäubt hole ich ein paar T-Shirts und Pullis, Unterwäsche, Strümpfe und Jeans aus dem Schrank. Mama kommt mit einer großen Tasche, wirft einen flüchtigen Blick auf das, was ich herausgesucht habe, packt alles ein und verschwindet wieder. Wenig später klingelt es an der Haustür. Das Taxi ist da. Sandra und ich werden auf den Rücksitz verfrachtet, das Gepäck in den Kofferraum und Mama setzt sich neben die Fahrerin.

»Fahren wir nicht zum Flughafen?«, wundert Sandra sich irgendwann, doch sie bekommt keine Antwort.

Zweiundvierzig Minuten sind wir unterwegs, dann hält die Taxifahrerin in einer fremden kleinen Stadt vor einem großen Haus und schaltet den Zähler ab. Obwohl das Haus hell gestrichen ist, wirkt es abweisend – nicht zuletzt wegen der hohen Mauer, die jeden Blick auf Hof oder Garten versperrt.

»Was ist das?«, fragt Sandra.

»Ein Ferienheim«, antwortet Mama und sucht mit zitternden Fingern Scheine und Kleingeld aus ihrem Portmonnaie, um das Taxi zu bezahlen. »Wartet nur ab – es wird richtig lustig werden.«

»Glaub ich nicht«, sagt Sandra. »Ich will an den Strand.«

Die Taxifahrerin lädt unser Gepäck aus und dann stehen wir allein in dieser schmalen Gasse vor diesem abweisenden Haus und auf das Klingeln meiner Mutter hin passiert erst einmal gar nichts. Mama sieht aus, als würde sie jeden Moment anfangen zu weinen. Sie klingelt noch einmal und dann summt es endlich, die Haustür springt auf und wir gelangen in einen kleinen Raum. Hinter einer Glasscheibe sitzt eine Frau in einem bunten T-Shirt und mustert uns prüfend. »Frau Schneider?«, fragt sie über eine Sprechanlage.

»Ja«, stammelt Mama und dann laufen ihr tatsächlich Tränen über die Wangen. Sekunden später dreht sich ein Schlüssel und die Tür, die aus dem Vorraum führt, wird geöffnet. »Gut, dass Sie hier sind, Frau Schneider. Wir haben schon alles für Sie vorbereitet.«

Die Frau mit dem bunten T-Shirt führt uns in einen Hausflur, der vollgestellt ist mit Babywagen und Buggys. »Es ist natürlich alles ein bisschen eng hier, aber daran gewöhnt man sich schnell«, sagt die Frau und schließt hinter uns die Tür sorgfältig wieder ab. »Ich bin Elke Mahler.« Sie gibt Mama, Sandra und mir die Hand.

Zwei Jungen und ein Mädchen, vielleicht Erst- oder Zweitklässler, poltern die Treppe herunter und bleiben vor uns stehen. »Seid ihr Neue?«, fragt einer der Jungen.

Das Mädchen schaut in mein Gesicht und sein Blick bleibt an meiner Lippe hängen. »Klar sind das Neue«, sagt es. »Jetzt kommt endlich raus in den Garten.« Mit wildem Getrampel verschwinden die drei und meine Schwester und ich folgen Mama und Frau Mahler. »Das hier ist Ihr Zimmer«, sagt die gerade und öffnet eine Tür. Der Raum dahinter ist so groß wie mein Zimmer zu Hause. Er ist vollgestellt mit einem Stockbett, einem Einzelbett und einem Schrank. An der Wand gibt es ein Waschbecken mit einer schmalen Ablage darüber.

»Wo ist das Badezimmer?«, fragt Sandy und Frau Mahler antwortet: »Gegenüber.« Dann wendet sie sich wieder an Mama: »Richten Sie sich jetzt erst einmal in aller Ruhe ein, Frau Schneider. Wenn Sie Fragen haben, finden Sie mich unten. Mein Büro ist am Ende des Ganges.«

Während Mama unsere Sachen in den Schrank räumt, quengelt Sandra, dass ihr langweilig ist. Dass sie an den Strand will. Dass sie noch nie in so einem blöden Hotel war.

»Geh doch runter«, sagt Mama. »Die Kinder wollten doch im Garten spielen. Bestimmt darfst du mitmachen. – Und du auch, Benny.«

»Nein«, sage ich, »mein Kopf tut weh.«

»Dann leg dich hin, Schatz.«

Ich klettere in das obere Stockbett und mache die Augen zu. Sonntag wollten Papa und ich in ein Konzert gehen. »Es wird Zeit, dass wir wieder einmal etwas gemeinsam unternehmen«, hatte er gesagt. »Nur du und ich, Benny.« Das war vor der Mathe-Vier. Ich hatte mich wie verrückt auf dieses Konzert gefreut. Ob wir am Sonntag wieder zu Hause sind? Ich will Mama fragen und beuge mich über die Bettkante. Meine Mutter ist mit dem Auspacken fertig und kauert auf dem Einzelbett. Mit trüben Augen starrt sie aus dem Fenster. Die Finger ihrer rechten Hand zupfen an den Nagelhäuten der linken und Tränen laufen über ihr Gesicht.

16

»Ich hatte mir das alles viel einfacher vorgestellt. Und ich hatte nicht gedacht, dass es so schrecklich eng und laut sein würde.«
Miriam Schneider, 41 Jahre

Von: hiphopsandy@gmx.de
Datum: Sonntag, 13. November, 16:32 Uhr
An: lauralee15@freenet.de
Betreff: Fernweh

Hi Laura,
danke für Deine Mail. Ist bei Dir auch nichts los? Kim und Janine sind vor zwei Stunden gegangen und ich langweile mich schrecklich.
Wie das mit dem Frauenhaus war, willst Du wissen? Ich bin damals – glaub ich – in die dritte Klasse gegangen. Meine Mutter ist – wie gesagt – total ausgerastet, weil mein Vater Benny geohrfeigt hatte. Sie hat Hals über Kopf unsere Sachen gepackt und erzählt, wir würden in ein Ferienheim fahren. Natürlich hab ich ihr die Geschichte damals abgenommen. Obwohl ich es schon komisch fand, dass wir ohne meinen Vater verreisten.

Oops, sie kommt die Treppe rauf. Sollte vielleicht lieber umschalten, damit sie glaubt, dass ich was für die Schule mache! Bis bald,
Sandy.

Eigentlich keine schlechte Art, die Ferien zu verbringen: auf einer Bank, versteckt zwischen blühenden Büschen, Sonnenkringel auf der Haut, neben mir ein Stoß Bücher. Ich brauche nicht auf Sandra aufzupassen, denn der Garten ist von einer hohen Mauer umgeben. Die Glassplitter und der Stacheldraht auf der Mauerkrone halten selbst meine Schwester von Kletterversuchen ab.

Nur dass meine Mutter so viel weint, gefällt mir gar nicht.

An unserem ersten Tag hier geht sie morgens mit Frau Mahler weg und kommt erst am frühen Nachmittag zurück. Sie hat zwei große Tüten voller Lebensmittel dabei. »Hilfst du mir tragen, Benny?«, fragt sie, als wir uns im Hausflur begegnen. Ich nehme ihr eine Tasche ab und schleppe sie die Treppe hinauf. Oben empfängt uns Essensduft. In der Küche steht der Herd voller Töpfe. Drei Frauen und ein paar Kinder sitzen um einen Tisch herum, auf dem leer gegessene Teller stehen.

»Du brauchst nicht zu kochen«, sagt eine unheimlich dicke Frau in Leggins mit Blick auf unsere Einkaufstüten. »Es ist noch genug da. Setzt euch einfach zu uns und esst. – Deine Kleine war auch schon hier.«

Ich stelle meine Tüte ab und Mama stellt ihre daneben. Sie sieht die Frauen am Tisch der Reihe nach an, bricht in Tränen aus, dreht sich auf dem Absatz um und rennt in unser Zimmer.

»Dann du wenigstens essen«, sagte eine Frau mit einem Kopftuch. Sie steht auf, häuft Fleischröllchen und Reis auf einen großen Teller und drückt mich auf einen Stuhl. »Du essen.«

Zögernd probiere ich ein wenig Fleisch und Reis. Ich will nicht unhöflich sein. Aber der Teller erscheint mir bedrohlich voll. Ich kaue, schlucke – und nehme eine größere Gabel voller Reis. Den Rest des ersten Fleischröllchens schiebe ich gleich hinterher. Die Frau mit dem Kopftuch beobachtet mich lächelnd. »Du essen«, wiederholt sie und nickt mir aufmunternd zu.

Auch am nächsten und übernächsten Tag kümmern sich die Frauen auf unserer Etage um Sandra und mich, denn unsere Mutter rührt sich nicht aus dem Zimmer. Stunde um Stunde sitzt sie auf ihrem Bett, redet kaum und weint immer wieder. Einmal bringt Emine, die Frau mit dem Kopftuch, ihr einen Teller voll türkischer Leckereien. Meine Mutter bedankt sich, aber später versenkt sie alles in der Abfalltonne. Dann sitzt sie wieder auf dem Bett, dreht ihr Handy zwischen den Fingern und starrt auf das Display, als stünde dort die Lösung für all unsere Probleme.

17

»Er hat geschworen, dass so etwas nie wieder vorkommen würde. Ich wollte ihm so gerne glauben.«
Miriam Schneider, 41 Jahre

Von: hiphopsandy@gmx.de
Datum: Dienstag, 15. November, 9:01 Uhr
An: lauralee15@freenet.de
Betreff: Frauenhaus

Hi Laura!
Was ist so interessant an dieser blöden Frauenhausgeschichte? Es war ganz okay dort. Gab jede Menge Kinder zum Spielen. Und wenn beim Essen jemand gekleckert hat, störte das überhaupt nicht. Der Tisch wurde hinterher einfach abgewischt. Das war klasse. Aber als meine Mutter mir eröffnete, dass ich meinen Geburtstag dort feiern sollte, bin ich krank geworden und wir sind wieder nach Hause gefahren.
Muss jetzt Schluss machen und mich um die Aufgabe kümmern, die der Dudek uns gestellt hat. Also tschüss,
Sandy.

Erst am Dienstag nach Pfingsten erwacht meine Mutter aus ihrer Erstarrung und kommt herunter. Sie findet mich auf meiner Bank im Garten und setzt sich zu mir. »Wie gefällt es dir hier, Benny?«, fragt sie.

»Ist schon okay«, murmele ich.

»Wäre es in Ordnung, wenn wir länger hier bleiben würden?«

»Du meinst, so wie die anderen Frauen?« Natürlich habe ich inzwischen mitbekommen, dass niemand hier ist, um Ferien zu machen.

Meine Mutter nickt. »Du müsstest dann mit dem Zug in die Stadt fahren und vom Bahnhof mit der Straßenbahn weiter. Dein Schulweg wäre fast vierzig Minuten länger als jetzt.«

Ich zucke mit den Schultern. »Egal.« Hauptsache, Mama starrt nicht mehr den ganzen Tag aus dem Fenster. Aber – »Werde ich Papa dann nie mehr sehen?«

»Das wird sich schon alles klären. – Sandra müsste allerdings auf eine andere Schule gehen.«

»Ich will in keine andere Schule!« Als hätte sie auf ihr Stichwort gewartet, steht meine Schwester vor uns. »Ich will weiter mit Kimmi und Janine und Lena und Anna in eine Klasse gehen!!« Auf Sandras Stirn ziehen sich Gewitterwolken zusammen wie bei unserem Vater. »Und überhaupt – wann fahren wir wieder nach Hause? Wir müssen doch meinen Geburtstag vorbereiten!«

»Wir feiern deinen Geburtstag hier, Schätzchen«, sagt meine Mutter und will Sandra auf ihren Schoß ziehen. Sandra wehrt sich. Ihr Gesicht läuft dunkelrot an. »Ich will aber nicht hier feiern!«, schreit sie. »Auf keinen Fall! Ich will zu Hause feiern! Mit Papa! Und mit meinen Freundinnen!«

»Aber Sandra, du hast doch hier schon so viele neue Freunde gefunden …«

»Das sind nicht meine Freunde! Die sind alle total blöd! Ich will Kimmi! Und Anna! Und …« Plötzlich wird Sandy so von Schluchzern geschüttelt, dass sie nicht mehr weitersprechen kann. Meiner Mutter gelingt es endlich, sie auf den Schoß zu ziehen. Sie streicht ihr die verschwitzten Haare aus der Stirn und sagt: »Wir werden das Spielzimmer ganz schön dekorieren und ich mache einen Schneewittchenkuchen …«

Sandra hebt den Kopf und sieht meine Mutter an. »Ich will keinen Schneewittchenkuchen!« Das ist halb Schluchzen, halb Aufschrei. »Ich will Janine!« Schnief. »Und Nicole!« Schnief. »Und Anna!« Schnief. »Und ich will meinen Papa!!« Sandra bricht in verzweifeltes, untröstliches Weinen aus.

Meine Schwester liegt im Bett meiner Mutter und ist glühend heiß. »Das müssen fast vierzig Grad sein.« Meine Mutter hat eine Hand auf Sandras

Stirn gelegt und klingt völlig verzweifelt. »Warum haben wir denn nicht einmal ein Fieberthermometer hier? – Benny, flitz doch mal runter und frag Frau Mahler …« Dann fällt Mamas Blick auf ihre Uhr und sie verstummt. Es ist weit nach Mitternacht. Frau Mahler ist schon lange nicht mehr hier, und auch die Frau, die heute Abend Türdienst hatte, muss längst im Bett sein.

»Wir brauchen einen Arzt«, sagt meine Mutter und greift nach ihrem Handy. »Aber darf der überhaupt hier rein? Benny, meinst du, ich darf den Notarzt ins Haus lassen? ›Keine Fremden‹ haben sie gesagt. ›Und auf gar keinen Fall Männer …‹«

Meine Mutter zupft mit den Zähnen kleine Hautfetzen von ihrer Unterlippe. »Oh Gott, Benny, was soll ich bloß tun?« Sie springt auf und reißt Sandra die Wadenwickel von den Beinen. Meine Schwester fängt an zu wimmern. Ohne darauf zu achten, hält Mama die beiden Stofflappen, die verdächtig nach einem meiner T-Shirts aussehen, am Waschbecken unter den Kaltwasserhahn. Sie wringt sie aus, taucht sie erneut ins kalte Wasser, wringt sie wieder und immer wieder aus. Nach einer Ewigkeit dreht sie sich zu mir um. »Benny«, sagt sie erstaunt, »was machst du denn noch auf den Beinen? Du musst doch schlafen!« Dann beugt sie sich über Sandra und wickelt ihr die nassen Lappen um die Waden.

Meine Schwester stöhnt. Meine Mutter setzt sich wieder neben sie und legt ihr die Hand auf die Stirn. Sie fängt an »Der Mond ist aufgegangen« zu summen.

Ich klettere die Leiter zu meinem Bett hinauf und vergrabe mich unter der Decke.

Irgendwann muss ich eingeschlafen sein, denn als ich zwei leise Stimmen höre, ist es draußen bereits hell. »Ich komme mir so undankbar vor …«, sagt meine Mutter.

»Aber, Frau Schneider«, sagt die andere Frauenstimme, »das haben wir doch gleich am ersten Tag geklärt. Diese Entscheidung liegt ganz allein bei Ihnen.«

Ich öffne die Augen einen Spalt weit und sehe meine Mutter mit Frau Mahler an der Tür stehen.

»Ich habe Ihnen so viel Mühe gemacht und jetzt …«

»Das ist ganz in Ordnung. Dazu sind wir schließlich da.«

»Ich bin sicher, dass alles anders wird«, sagt meine Mutter. »Mein Mann liebt die Kinder über alles … Und Sandra vermisst ihn so sehr …«

Obwohl ich bis unters Kinn zugedeckt bin, wird mir eiskalt.

»Wichtig ist nur, dass es Ihnen und den Kindern gut geht, Frau Schneider. Und Sie wissen ja – Sie können jederzeit wiederkommen. Ich hoffe natürlich, dass das nicht nötig sein wird. Ich wünsche Ihnen alles, alles Gute.« Leise zieht Frau Mahler die Zimmertür hinter sich zu.

Zwei Stunden später hält das Taxi vor unserem Gartentor. Noch bevor wir richtig ausgestiegen sind, fliegt die Haustür auf und mein Vater läuft uns entgegen. Er umarmt meine Mutter lange und stumm, scheint sie nie wieder loslassen zu wollen. Doch dann reißt er Sandra, die gar nicht mehr krank aussieht, in seine Arme. Er wirbelt sie hoch in die Luft und meine Schwester jauchzt wie in der Achterbahn. Als er sie schließlich wieder absetzt und sich mir zuwendet, sehe ich Tränen hinter seinen Brillengläsern glitzern. »Benjamin«, sagt er und breitet die Arme aus. Ich kann nicht anders. Ich lasse mich hineinfallen, spüre, wie schnell sein Herz schlägt, atme den vertrauten Duft nach Seife und Rasierwasser. »Ihr ahnt nicht, wie sehr ich euch vermisst habe«, flüstert mein Vater und hält mich ganz fest.

18

»Ich fand Sandys Vater immer toll. Wenn er Ungeheuer mit uns spielte, wussten wir manchmal nicht, ob wir lachen oder uns vor Angst in die Hose machen sollten.«
Janine Klein, 15 Jahre, »Girlz in da Hood«

Sandra bekommt ihre Geburtstagsfeier. So wie sie es gewollt hat. Mit all ihren Freundinnen, mit Papa und mit tollem Wetter. Wieder einmal hat Mama den ganzen Garten mit Lampions und Girlanden geschmückt. Mitten auf dem Rasen stehen unter einem weißen Pavillon bunt gedeckte Holztische und Bänke mit passenden Sitzkissen. Mein Vater hat den Grill aufgebaut. Eben rennt er mit Gebrüll und klappernder Grillzange hinter Janine her und tut, als wolle er sie auf den Rost legen. »Komm doch, Benny«, ruft er, als er mich auf der Terrasse stehen sieht. »Willst du nicht mitfeiern?«

Ich schüttle den Kopf. Die Zeiten, als ich mit meiner kleinen Schwester Geburtstag feiern wollte, sind vorbei. Außerdem habe ich etwas ganz anderes zu tun: Ich darf endlich wieder Klavier spielen.

Am Tag nach Sandras Geburtstag stehen wir wieder mit unseren Koffern vor dem Haus. Doch diesmal sind die Sachen nicht in aller Hast hineingeworfen, sondern wie früher Stück für Stück ordentlich eingepackt worden. Wir fahren an den Gardasee. Alle vier. »Und in den Sommerferien gönnen wir uns einen richtigen, langen Urlaub. Miriam, du musst entscheiden, wo du gerne hinmöchtest«, sagt mein Vater. »Du hast die freie Auswahl. Ägypten, Türkei, Malediven – was immer du willst, solange man dort tauchen kann.« Er wuchtet die letzte Reisetasche in den Kofferraum. »Aber jetzt lassen wir es uns erst einmal in Bella Italia gut gehen.«

Es geht uns wirklich gut. Mama und ich liegen den ganzen Tag unter einem Sonnenschirm und lesen, während Sandra und mein Vater am und im Wasser herumtoben. Als nur ein leichter Wind geht, darf Sandy sogar versuchen, mit einem Kite zu surfen, obwohl sie dazu eigentlich noch zu klein ist. Und Windsurfen probiert sie auch.

Sandra und ich haben ein großes Zimmer mit eigenem Bad und einem Balkon zum See hin. Das Zimmer meiner Eltern liegt gleich nebenan. Jeden Morgen kommt ein Kellner, deckt auf

Mamas und Papas Balkon den Tisch und wir frühstücken dort. Mittags holen wir uns am Kiosk Pizza oder Pommes und meine Eltern trinken einen Cappuccino. Abends essen wir dann im feinen Restaurant des Hotels. Die Kellner sprechen Sandra mit »Signorina« an und mich mit »Signore« und als Sandy das Tischtuch mit Tomatensoße bekleckert, sagen sie: »Fa niente« und Papa lacht mit ihnen.

Am letzten Abend, als die Kellner die Dessertteller abgeräumt haben, greift mein Vater in die Tasche seines Leinenjacketts und holt eine kleine schwarze Schachtel hervor. »Das ist für die bezauberndste Frau, die mir je begegnet ist«, sagt er und reicht meiner Mutter das Schächtelchen. Sie klappt es auf und ihre Augen werden riesengroß. »Matthias«, stammelt sie. »Das ist … das ist … – einfach zu viel.«

»Wie könnte irgendetwas zu viel sein für die Frau, die mir zwei so wunderbare Kinder geschenkt hat? Steck ihn an. Ich hoffe, er passt!«

Zögernd nimmt meine Mutter den silbernen Ring von seinem Samtpolster und streift ihn über den Finger. Zwei weiße Steine funkeln im Kerzenlicht. »Oh Matthias …«

Und dann tut mein Vater etwas, was er noch nie getan hat: Er steht auf, beugt sich über den Tisch und küsst meine Mutter vor allen Leuten mitten auf den Mund. Als er sich wieder setzt, sieht Mama aus wie früher, als ich noch klein war – wunderschön. Die Falten, die angefangen hatten, sich auf ihrer Stirn und um ihre Mundwinkel einzugraben, sind wie weggewischt und im Kerzenlicht glänzen die grauen Haare in ihren schwarzen Locken wie Silberfäden.

In den folgenden Wochen singt meine Mutter bei der Hausarbeit. Sie summt, wenn sie meine Hausaufgaben kontrolliert, und wenn wir Klavier üben, trällert sie die Melodien vor sich hin. In meinem Kopf geschieht ein Wunder. Als sei ein riesiger, fester Knoten aufgegangen, fällt mir das Lernen plötzlich viel leichter. Ich kann gar nicht mehr verstehen, warum Mathematik mir ein solches Rätsel war. Bei der letzten Deutschschulaufgabe schreibt sich der Aufsatz fast wie von selbst und auch die englischen Vokabeln und Grammatik sind auf einmal kein Problem mehr. Es macht direkt Spaß, in die Schule zu gehen. Nicht einmal Moritz kann daran etwas ändern.

19

»Ich habe nie verstanden, warum Sandy so scharf auf Mo war. Ich fand den Kerl einfach bescheuert.«
Kim Stöcklein, 14 Jahre, »Girlz in da Hood«

Von: hiphopsandy@gmx.de
Datum: Freitag, 18. November, 12:14 Uhr
An: lauralee15@freenet.de
Betreff: ICH LIEBE ES!

Hey Laura,
gerade rechtzeitig zum Wochenende gab es heute in der Straßenbahn ein absolutes Highlight. Vanessa hat mit Mo Schluss gemacht! Sie steigt immer eine Haltestelle früher ein als wir und heute Morgen tat sie, als würde sie ihn überhaupt nicht sehen. Mo ging zu ihr rüber, hakte sich wie immer in ihrer Jeans ein und wollte sie küssen, doch Vanessa hat ihm eine GEKNALLT! Mir blieb fast der Mund offen stehen – und Mo auch. Er sagte irgendwas zu ihr und startete noch einen Versuch, doch Vanessa riss sich los, brüllte: »Lass mich bloß in Frieden!« und stürmte ans andere Ende des Wagens. Mo sah ihr verdattert nach,

rückte seine Mütze zurecht und ließ sich auf einen freien Platz fallen.
Die ganze Fahrt über starrte ich auf seinen Hinterkopf und dachte: Das ist meine Chance! Drück mir die Daumen, Laura! Ich wünsche Dir ein tolles Wochenende, Sandy.

Von: hiphopsandy@gmx.de
Datum: Samstag, 19. November, 20:31 Uhr
An: lauralee15@freenet.de
Betreff: ICH LIEBE ES II

Hi Laura,
kann auf keinen Fall bis Dienstag warten, um Dir zu berichten, was los ist. Janine, selbst ernannte Vanessa-Expertin, seit sie sich in London getroffen haben, hat rausgekriegt, warum Vanessa Schluss gemacht hat: Am Donnerstag war Mo mit ihr in einem Hip-Hop-Konzert (Neid, Neid, Neid!!!), und schon als er sie abholte, soll er eine Fahne gehabt haben. Vanessa hat ihm das ziemlich übel genommen, noch mehr hat sie aber wohl genervt, dass Mo den ganzen Abend weitergetrunken hat. Als sie nach dem Konzert an die frische Luft kamen, musste er prompt kotzen und das direkt über Vanessas nagelneue, sündhaft teure Jeans und Schuhe ☺☺!
Ich kann verstehen, dass sie deswegen sauer ist. Aber gleich Schluss machen? Ich weiß nicht! Mir soll's jedenfalls recht sein. Wenn ich nur eine Idee hätte, wie ICH

an Mo rankomme! Falls Dir irgendwas einfällt, lass es mich wissen,
Sandy

Von: hiphopsandy@gmx.de
Datum: Dienstag, 22. November, 9:30 Uhr
An: lauralee15@freenet.de
Betreff: ☺☺

Eisiges Schweigen zwischen Vanessa und Mo – so macht der Schulweg richtig Spaß! Ich war so gut drauf, dass ich sogar die beiden Tests verkraften konnte, die wir gestern geschrieben haben und das, obwohl ich null Ahnung hatte! Muss leider gleich wieder Schluss machen. Erst ruft der Dudek dieses E-Mail-Projekt ins Leben und dann will er ständig irgendwelche Tabellen üben.
Also ciao,
Sandy.

Von: hiphopsandy@gmx.de
Datum: Mittwoch, 23. November, 22:16 Uhr
An: lauralee15@freenet.de
Betreff: ☺☺☺!!!

Hi Laura!
Bin total happy! Als wir vom Hip-Hop-Training kamen, standen Mo und Yannick vor dem JUZ herum. »Braucht ihr

vielleicht Begleitung, Mädels?«, fragte Mo, als wir an ihnen vorbeigingen.
Kim und Janine, die mich rechts und links untergehakt hatten, zogen weiter, ohne zu antworten.
»Jetzt wartet doch mal …!« Ich stemmte die Fersen in den Boden.
»Schon vergessen? Meine Mutter holt uns ab!« Janine zog an meinem linken Arm und Kim zerrte rechts.
»Na und?« Ich riss mich los. »Ich gehe zu Fuß.«
»Du bist manchmal richtig blöd!«, zischte Kim.
»Ihr habt's doch gehört: Die Kleine geht zu Fuß.« Mo stand plötzlich neben uns und legte mir einen Arm um die Schultern. ☺☺.
»Ph!« Janine warf den Kopf in den Nacken und stiefelte mit Kim im Schlepptau davon.
»Mir scheint, deine Freundinnen mögen mich nicht besonders, was?«
»Ach die …« Ich spürte mein Herz bis in den Hals und bekam kaum ein Wort heraus. Vorne an der Straße hielt ein Auto.
»… kommt nicht mit …«, drang Janines Stimme bis zu uns, dann schlugen Türen und das Auto fuhr wieder an.
»Jetzt müssen wir dich auf jeden Fall begleiten«, stellte Mo fest. »So allein können wir dich unmöglich gehen lassen.« Sein Arm lag immer noch warm auf meiner Schulter. »Also komm schon, Dicker.«
Yannick setzte sich mit einem Grunzen in Bewegung.
Wenn er nicht die ganze Zeit wie ein Schatten neben uns hergelatscht wäre, hätte es der tollste Abend meines

Lebens sein können. So aber war ich fast froh, als wir vor unserem Gartentor ankamen – gleichzeitig mit meinem Vater, der eben seine Joggingrunde beendete.

»Guten Abend, Dr. Schneider«, sagte Mo höflich.

»Hallo Moritz. Hallo – Yannick, oder? Nett, dass ihr Sandra nach Hause begleitet habt.«

»Ist doch selbstverständlich«, entgegnete Mo. »Gute Nacht.«

»Gute Nacht«, sagten mein Vater und ich wie aus einem Mund.

»Dieser Moritz ist nicht verkehrt«, meinte Paps, als wir im Hausflur unsere Schuhe auszogen. »Toller Sportler, auch wenn man ihm das nicht ansieht.«

Muss Schluss machen. Bin hundemüde. Gute Nacht, Sandy.

20

»Der Benjamin war so unauffällig und still, dass man ihn einfach übersehen konnte.«
Vanessa Odörfer, 16 Jahre

Die Zeit nach den Pfingstferien vergeht wie im Flug und schon sitzen meine Eltern Hand in Hand beim Abschlusskonzert des Schulorchesters in der ersten Reihe. Meine Augen jedoch huschen immer wieder vier Reihen weiter, dorthin, wo ich Vanessa mit ihrer Mutter entdeckt habe. Wenn sie mich doch wenigstens ein bisschen beachten würde!

Wäre das Sportfest nicht, könnte ich mich jetzt auf die Sommerferien freuen. Aber mein Vater hat gesagt, dass er zusehen will – obwohl das die wenigsten Eltern tun.

Wie üblich komme ich beim 75-Meter-Lauf als Letzter ins Ziel, beim Schlagballwurf rutscht mir der Ball aus der Hand und beim Weitsprung übertrete ich dreimal nacheinander.

Dann steht mein Vater zu allem Überfluss auch

noch vor den Umkleideräumen und wartet auf mich. Ich rechne mit einer bissigen Bemerkung, doch er klopft mir nur tröstend auf die Schulter und sagt: »Das wird schon noch.«

In diesem Moment kommt Moritz mit seiner Sporttasche über der Schulter angeschlendert und verpasst mir im Vorbeigehen einen seiner pseudo-freundschaftlichen Faustschläge. »Na, Schneider«, grinst er, »vielleicht solltest du nächstes Jahr bei den Mädchen mitlaufen!« Moritz hat gut lachen, schließlich hat er eine Ehrenurkunde gewonnen. Ich sehe, wie die Augen meines Vaters kurz aufleuchten, als er ihm nachblickt.

Von: hiphopsandy@gmx.de
Datum: Freitag, 25. November, 12:42 Uhr
An: lauralee15@freenet.de
Betreff: Iiihhh!

Hallo Laura!
Gestern wäre ich beinahe Yannick in die Arme gelaufen! Er stand wieder mal an der Straßenbahn-Haltestelle und schien auf mich zu warten. Warum hat Mo ausgerechnet so einen Typen zum Freund? Die beiden passen doch überhaupt nicht zusammen! Mir blieb jedenfalls nichts anderes übrig, als wieder meine Sprintnummer einzulegen. Ächz! Und das am frühen Morgen. Bin genau in dem Moment in die Straßenbahn gesprungen, als Yannick

»Äääähhh … Sandra …« stammelte. Die ganze Fahrt über musste ich mir Kims und Janines Sticheleien anhören. Heute Morgen bin ich vorsichtshalber gleich an der nächsten Station eingestiegen. Manchmal hasse ich mein Leben wirklich! Fünfhundert Meter zusätzlicher Fußmarsch wegen so eines Idioten!
Und weißt Du, was noch ist? Der Dudek hat unser E-Mail-Projekt für beendet erklärt! (Weißt Du bestimmt – blöde Frage!) Wenn wir uns mit unseren Partnern gut verstehen würden, meint er, könnten wir ja privat weiterhin schreiben. Hoffe doch sehr, dass Du Lust dazu hast! Ich habe mich so an Deine Mails gewöhnt! Wünsche Dir ein 1a Wochenende,
Sandy.

Von: hiphopsandy@gmx.de
Datum: Sonntag, 27. November, 18:41 Uhr
An: lauralee15@freenet.de
Betreff: Adventswahnsinn!

Hi Laura,
ich habe mich total über Deine Mail gefreut. Finde ich toll, dass Du Lust hast, weiterhin zu schreiben. Bei uns ist heute der Adventswahnsinn ausgebrochen. Alle Jahre wieder dreht meine Mutter total durch. Dieses Jahr haben wir eine Orgie in blau. Blau dekorierter Adventskranz mit blauen Kerzen, hier blauer Glitter, da blaue Figürchen. Blaue Kugeln in den Fenstern und sogar den Lichterbogen

hat sie blau angepinselt. Letztes Jahr gab es ein Drama in rot und gold. Der Dekokram stapelt sich auf unserem Dachboden in beängstigenden Höhen, denn meine Mutter dekoriert nicht nur zu Weihnachten sondern auch zu Ostern das ganze Haus. Außerdem hat sie Sommerdeko und seit Neuestem Halloween-Schnickschnack. Na ja, so ist sie wenigstens beschäftigt und meinem Vater scheint es zu gefallen. Der bewunderte jedenfalls heute Nachmittag ausgiebig den Horror in Blau.
Und als wäre es nicht vollkommen ausreichend, beim Licht der ersten Kerze Plätzchen zu essen und Punsch zu trinken, wollte er auch noch, dass Benny und meine Mutter uns ein bisschen was auf dem Klavier vorspielen. Natürlich sind die beiden sofort darauf angesprungen. ☹☹.
Muss mich jetzt erst mal erholen,
Sandy.

21

»Wenn etwas schiefging, konnte der Doktor Schneider richtig ausrasten. Ich habe manchmal gedacht: ›Na hoffentlich beruhigt der sich wieder, bis er nach Hause kommt.‹«
Susanna Lorenz, 34 Jahre, Rechtsanwaltsgehilfin

Die gute Stimmung überlebt den Sommer und hält auch im Herbst weiter an. Mein Vater geht beinahe jedes Wochenende mit uns in den Park, um Drachen steigen zu lassen. Sandy und er sind absolute Spezialisten am Lenkdrachen. Meine Mutter und ich bleiben bei unseren einfachen Modellen, die aussehen wie Greifvögel, wenn sie ruhig in der Luft stehen.

Mit dem ersten Frost verwandelt sich unser Haus in ein Weihnachtsmärchen. Meine Mutter hat jedes Zimmer geschmückt und an den Adventssonntagen spielen wir Klavier. Mein Vater sitzt dann mit geschlossenen Augen in seinem Sessel, während Sandy mit finsterer Miene Plätzchen in sich hineinstopft.

Mama und Sandra sind nicht zu Hause. Bei Sandy in der Schule ist großes »Basteln mit Eltern« angesagt. Danach wollen meine Mutter und ich eine Partie Schach spielen. Ich habe eben das Schachbrett aufgebaut, als die Haustür geöffnet wird.

»Mama?«

Doch es ist nicht Mama, sondern mein Vater, der ins Wohnzimmer kommt. »Prima Idee«, sagt er. »Eine Partie Schach ist genau das, was ich nach so einem Tag brauche. Bin gleich wieder da.«

Wenig später sitzt er mir mit einem Glas Rotwein gegenüber und schon nach den ersten Zügen merke ich, dass er nicht richtig bei der Sache ist. Er verliert einen Bauern nach dem anderen, opfert völlig unnötig einen Springer und gefährdet immer wieder seine Dame. Nach einer knappen Stunde sage ich zum ersten Mal: »Schach.«

Mein Vater sieht aus, als würde er gerade aus einem Traum erwachen. »Wie bitte?«

»Schach«, wiederhole ich.

Nach einem ungläubigen Blick auf das Brett reißt mein Vater sich zusammen und versucht sich zu konzentrieren. Zu spät. Ich brauche noch vier Züge, dann ist es so weit: »Matt.« Zum ersten Mal habe ich meinen Vater geschlagen und in meiner Stimme muss unüberhörbar Triumph mitschwingen.

Mit einer weit ausholenden Handbewegung fegt mein Vater das Schachbrett vom Tisch. Es hinterlässt eine tiefe Schramme auf dem Parkettboden und die Figuren rollen in alle Richtungen davon.

»Sammel das sofort wieder ein!«, bellt mein Vater, poltert aus dem Zimmer und knallt die Tür hinter sich zu.

22

»Matthias hat gesagt, ich würde niemals das Sorgerecht für die Kinder bekommen. Er hätte das sicher durchgesetzt. Schließlich war er Anwalt.«
Miriam Schneider, 41 Jahre

Mein Zwischenzeugnis in der sechsten Klasse entlockt meinem Vater ein erfreutes Lächeln und zwei Zwanzig-Euro-Scheine.

Als er sich Sandras Zeugnis ansieht, verschwindet das Lächeln.

»Komm mal her, Wildfang«, sagt er. Er sitzt im Wohnzimmer in seinem Sessel und klemmt Sandra zwischen seine Knie, sodass sie ihm nicht davonlaufen kann. »Hattest du mir nicht versprochen, dich dieses Jahr in der Schule mehr anzustrengen?«

»Hab ich doch!«

»Und warum hast du dann in Mathematik wieder eine Drei?«

»Weil die Frau Stark immer alles ganz komisch erklärt. Da kann man überhaupt nichts kapieren.«

»Hat Mama denn nicht mit dir geübt?«

»Doch. Schon. – Aber Mathe ist einfach doof!«

Mein Vater und Sandra starren einander in die Augen. Beide mit derselben steilen Falte zwischen den Augenbrauen.

»Sandra, du weißt doch, wie wichtig das Zeugnis dieses Jahr ist. Wenn du aufs Gymnasium willst, brauchst du in Mathematik eine Zwei. Oder in Deutsch eine Eins, wenn das mit Mathe nicht klappt.«

»Ich will ja gar nicht aufs Gymnasium«, sagt Sandra.

»Ein kluges Mädchen wie du gehört aufs Gymnasium. – Was hast du dir denn vorgestellt?«

»Ich will mit Kimmi und Janny auf die Realschule gehen.«

»So ein Blödsinn!« Die Stirnfalte meines Vaters wird langsam bedrohlich tief. Meine Mutter steht im Türrahmen und verfolgt wie gebannt die Szene.

»Du gehst aufs Gymnasium, Sandra. – Ohne Diskussion! Du hast jetzt noch eineinhalb Monate Zeit, um deine Noten fürs Übertrittszeugnis zu verbessern. Also streng dich gefälligst an, klar?« Mein Vater hat Sandys Kinn zwischen Daumen und Zeigefinger genommen. Meine Schwester zuckt kurz zusammen, aber sie sagt nichts.

»Ob das klar ist, habe ich gefragt.« Daran, dass die Finger meines Vaters langsam weiß werden, kann ich erkennen, wie fest er Sandys Kinn hält. Trotzdem schweigt sie beharrlich.

Jetzt kommt meine Mutter ins Zimmer. »Natürlich hat Sandra dich verstanden, Matthias«, sagt sie. »Ich bin sicher, das Übertrittszeugnis wird in Ordnung sein.« Sie legt meiner Schwester einen Arm um die Schultern.

»Na hoffentlich«, sagt mein Vater, lässt die Hand sinken und greift nach seiner Zeitung, als sei nichts geschehen.

Sandra reißt sich von meiner Mutter los, schleudert ihr Haar aus dem Gesicht und marschiert aus dem Wohnzimmer.

In ihrem Übertrittszeugnis steht neben »Mathematik« eine Vier und neben »Deutsch« weiterhin eine Zwei. In der Beurteilung gibt es kein Kreuz neben »für den Besuch eines Gymnasiums geeignet«. Neben »für den Besuch einer Realschule« ist »bedingt geeignet« angekreuzt.

»Jetzt kann ich weiter mit Janny und Kimmi zur Schule gehen«, erklärt meine Schwester stolz und meine Mutter fängt an zu weinen.

Ich habe Bauchschmerzen. Dass mein Bauch wehtut, passiert mir oft, aber das hier ist neu. Anders. Als säße ein Tier darin und würde ein Loch hineinnagen. Eigentlich möchte ich mich mit einer Wärmflasche im Bett verkriechen, nichts mehr hören und nichts mehr sehen. Aber ich kann nicht. Mit angehaltenem Atem stehe ich vor der geschlossenen Wohnzimmertür.

»Geh in dein Zimmer, Benny«, hat mein Vater gesagt, aber weiter als bis in den Flur bin ich nicht gekommen. Ich beiße auf meine Fingerknöchel und lausche. Vergeblich. Es ist kein Wort zu hören. Erst das Klatschen von Ohrfeigen dringt durch das dicke Holz zu mir heraus. Eins. Zwei. Drei. Vier.

Die Tür wird aufgerissen. Sandra stürmt hocherhobenen Hauptes und mit roten Wangen heraus und knallt die Tür hinter sich zu.

»Du sollst doch raufgehen«, faucht sie und stiefelt an mir vorbei, die Treppe hinauf.

Wieder versuche ich mitzubekommen, was drinnen vorgeht, aber außer gedämpften Stimmen kann ich nichts hören. Dann schreit meine Mutter plötzlich auf und ich beiße mir so fest auf die Knöchel, dass ich Blut schmecke. Gleich darauf poltert etwas. Es klingt, als sei der schwere Sessel meines Vaters umgefallen. Und dann schreit meine Mutter noch einmal. Ich will die Tür zum Wohnzimmer aufreißen, strecke schon die Finger nach der Klinke aus, da fällt mir die Ohrfeige ein, mit der mein Vater mich letztes Jahr vom Stuhl gefegt hat. Ich werde meiner Mutter keine Hilfe sein. Im Gegenteil.

Jetzt höre ich sie rufen: »Matthias, nicht! Bitte …!« Plötzlich kann ich mich wieder bewegen.

Meine Finger zittern heftig, als ich den Telefonhörer abnehme, aber sie drücken doch die Tasten 1 – 1 – 0.

Es tutet nur kurz, dann meldet sich eine Männerstimme: »Polizeinotruf.«

Ich zucke zusammen. Mein Mund ist plötzlich vollkommen ausgetrocknet, meine Zunge klebt am Gaumen. Ich bringe kein Wort heraus.

»Hallo?«

Ich versuche zu sprechen, aber nur ein Krächzen kommt aus meiner Kehle.

»Wie bitte? Ich habe Sie nicht verstanden. Wie können wir Ihnen helfen?«

»Mein Vater …«, würge ich hervor.

»Ist deinem Vater etwas passiert? Von wo rufst du an?« Die Männerstimme ist freundlich. Geduldig.

»Meine Mutter …« Es geht einfach nicht.

»Hat es einen Unfall gegeben? Braucht ihr Hilfe?«

»Mein Vater …«, versuche ich es noch einmal und dann steigt ein Schluchzen meine Kehle hoch, bricht sich Bahn, lässt sich nicht zurückhalten.

»Bleib ruhig, Junge. Lass dir Zeit. Was ist mit deinem Vater passiert?«

»Mein Vater … schlägt … meine Mutter … sie hat … geschrien …«

»Wie heißt du, Junge?«

»Benjamin. Benjamin Schneider.«

»Und wo wohnt ihr, Benjamin?«

Was tue ich da? Was wird mein Vater sagen, wenn die Polizei vor der Tür steht?

»Wo wohnt ihr, Benjamin?«, wiederholt die freundliche Stimme. »Wir schicken eine Streife vorbei, die nach dem Rechten sieht.«

In diesem Moment geht im Wohnzimmer etwas klirrend zu Bruch. Ich sprudele unsere Adresse hervor, knalle den Hörer zurück auf die Station und rase die Treppe hinauf in mein Zimmer. Ich ziehe mir Kissen und Decke über den Kopf und stecke die Finger in die Ohren. Trotzdem höre ich, wie es wenig später klingelt.

Sandra stürmt die Treppe hinunter und öffnet die Haustür.

Von: hiphopsandy@gmx.de
Datum: Mittwoch, 30. November, 21:52 Uhr
An: lauralee15@freenet.de
Betreff: Lebensretter

Hi Laura,
jetzt werden endlich alle einsehen, dass ich recht habe! Auch Janine und Kim. Jeder wird zugeben müssen, dass Mo ein toller Typ ist. Weißt du, was er Samstagnacht gemacht hat? Einem Mädchen das Leben gerettet! Echt! Ist das nicht genial? Im JUZ haben sie heute von nichts

anderem geredet! Samstag war Party (natürlich mal wieder ohne mich ☹) und dieses Mädchen kippte plötzlich um. Einfach so. Atemstillstand. Wahnsinn, oder? Alle waren total panisch, nur Mo nicht. Weil er bei den Rettungssanitätern ist, wusste er sofort, was man tun muss, hat mit Mund-zu-Nase-Beatmung angefangen und das Mädchen zurückgeholt. Ist das nicht irre? Ich bin so stolz auf ihn!

Gute Nacht,

Sandy.

23

»Wenn wir eine misshandelte Frau über ihre rechtlichen Möglichkeiten aufgeklärt haben und sie trotzdem keine Anzeige erstatten will, können wir überhaupt nichts tun. Wenn allerdings Kinder mitbetroffen sind, informieren wir zumindest das Jugendamt.«
Herbert Grosche, 33 Jahre, Polizeihauptmeister

Ich springe aus dem Bett, öffne vorsichtig die Tür. Unten im Hausflur stößt Sandra einen erstaunten Laut aus und eine fremde Männerstimme fragt: »Ist dein Vater zu Hause?«

»Papa ...?«, ruft meine Schwester und klingt dabei gleichzeitig verwundert, neugierig und ein bisschen ängstlich.

Mein Vater kommt aus dem Wohnzimmer. »Was ist denn los?«, fragt er ungehalten.

»Herr Schneider?« Das ist wieder die fremde Stimme.

»Ja. Dr. Matthias Schneider. Was kann ich für Sie tun?«

Ich schleiche zum Treppenabsatz.

»Bei uns ist ein Notruf eingegangen ...«

»Aber doch wohl nicht von hier!« Mein Vater lacht leise.

»Die Zentrale hat uns diese Adresse genannt. Es soll eine Frau geschlagen worden sein.«

»Ich bitte Sie! Da muss ein Irrtum vorliegen!«

Jetzt kann ich hinuntersehen. Vor der offenen Haustür stehen ein Polizist und eine Polizistin. Aufmerksam mustern sie meinen Vater und Sandra, die sich in sicherer Entfernung hinter ihm hält.

»Wir würden trotzdem gern mit Ihrer Frau sprechen, Herr Dr. Schneider.«

»Ich verstehe zwar nicht, wozu das gut sein soll, aber bitte ... Miriam, kommst du mal? Hier sind zwei Herrschaften von der Polizei, die mit dir sprechen möchten.«

Nichts passiert. Meine Zähne fangen an zu klappern. Habe ich zu lange gewartet? Ist meine Mutter verletzt? Kann sie gar nicht mehr ...? Aber wie bringt mein Vater es dann fertig, so ruhig zu bleiben? Er ruft noch einmal: »Miriam, bitte!«

Meine Mutter kommt aus dem Wohnzimmer. Sie hinkt, setzt den linken Fuß kaum auf. Selbst von hier oben kann ich erkennen, dass ihre Wimperntusche verschmiert ist und dass unter ihrer Nase Blut trocknet. Sie versucht, die Ärmel ihres T-Shirts über die dunklen Flecken an ihren Handgelenken zu ziehen. Erfolglos.

»Frau Schneider?« Der jungen Polizistin ist

deutlich anzusehen, wie sehr sie der Anblick meiner Mutter schockiert.

»Ja.«

»Wir haben einen Notruf erhalten …«

»Nicht von hier. Hier ist nichts passiert.« Noch nie klang die Stimme meiner Mutter so müde.

»Wir würden uns gern einen Moment mit Ihnen unterhalten, Frau Schneider.«

»Sie haben doch gehört: Hier ist alles in Ordnung«, fährt mein Vater dazwischen.

»Trotzdem möchten wir mit Ihrer Frau sprechen – allein«, entgegnet der Polizist ruhig.

»Also wirklich …!« Aber mein Vater tritt beiseite, lässt den Polizisten und seine Kollegin ins Haus. »Miriam, bitte erkläre den Herrschaften noch einmal, dass es dir gut geht, damit sie sich wieder um Falschparker kümmern können.«

»Ich habe doch gesagt …«, fängt meine Mutter an, aber die Polizistin nimmt sie sanft am Ellbogen und steuert sie zielsicher Richtung Küche. Ihr Kollege folgt ihnen und schließt mit Nachdruck die Tür hinter sich. Eine Ewigkeit scheint zu vergehen, bis sie wieder geöffnet wird. »Sind Sie sich wirklich sicher, Frau Schneider?«

»Ja, wie oft denn noch?«

»Also dann …« Die Polizisten wirken … ja wie? Ärgerlich? Enttäuscht? Frustriert? Auf meinem Beobachtungsposten überläuft es mich plötzlich kalt. Das kann sie doch nicht tun! Meine Mutter kann doch die Polizei nicht einfach gehen lassen! Genau das scheint sie aber vorzuhaben, denn sie sagt: »Ich möchte mich jetzt hinlegen. – Ich bin sehr müde.«

»Also dann … Auf Wiedersehen«, höre ich die Polizisten sagen. Die Haustür fällt ins Schloss.

Erschrocken mache ich einen Schritt zurück, stoße gegen eine kupferne Bodenvase, die klappernd umfällt. Ich erstarre.

Schritte nähern sich der Treppe. Ich kann mich nicht rühren. »Benjamin«, sagt mein Vater leise, »komm doch bitte mal herunter.«

24

»Dass die Nachbarschaft unseren Moritz auch noch mit den Drogen im JUZ in Verbindung gebracht hat, war einfach ungeheuerlich.«
Dr. Beatrice Niederbronner, 42 Jahre, Nachbarin

Von: hiphopsandy@gmx.de
Datum: Samstag, 3. Dezember, 11:13 Uhr
An: lauralee15@freenet.de
Betreff: Arrrggghhh!!!

Hi Laura,
ich könnte platzen vor Wut! Statt Mo zu feiern, wie er es verdient hat, gibt es Leute, die behaupten, die Sache im JUZ sei nur passiert, weil irgendjemand Drogen eingeschmuggelt hätte. Und dabei fällt immer wieder Mos Name. Das ist so eine Gemeinheit!
Unsere Mütter sind total hysterisch. Kim, Janine und ich dürfen nicht mehr ins JUZ. Arrrghhh!! Ich könnte die Wände hochgehen!!! Meine Mutter meint, wir sollten bei uns im Keller trainieren. Dass ich nicht lache! Da unten gibt es nicht mal einen Spiegel, und sobald wir die Musik

ein bisschen lauter drehen, beschwert sie sich sofort.
Außerdem WILL ich ins JUZ!!! Wo sonst soll ich Mo treffen?!
Okay, in der Straßenbahn, aber das ist blöd, weil er sich dort immer so verhält, als würde er mich nicht kennen. Mein einziger Trost ist, dass Vanessa sich nach wie vor so verhält, als würde sie IHN nicht kennen.
Total frustrierte Grüße,
Sandy.

»Ein unverbindliches Gesprächsangebot!«, tobt mein Vater. »Das ist so eine unglaubliche Frechheit!«

Ich habe im Wohnzimmer Klavier geübt, aber jetzt liegen meine Finger bewegungslos auf den Tasten, damit ich nichts von dem verpasse, was im Garten vor sich geht. Die Terrassentür steht offen, deswegen verstehe ich jedes Wort, das mein Vater ausspuckt, während er mit großen Schritten auf dem Rasen auf und ab läuft. Jetzt bleibt er neben meiner Mutter stehen, die auf Knien im Terrassenbeet Unkraut gejätet hat, bis mein Vater aus dem Haus stürmte. »Was bilden die sich eigentlich ein? Brauchen wir ein unverbindliches Gespräch mit dem Jugendamt, Miriam? Was meinst du?« Er fuchtelt mit einem Blatt Papier vor ihrer Nase herum und meine Mutter schüttelt den Kopf.

»Als ob die beim Jugendamt auch nur die

leiseste Vorstellung davon hätten, was es bedeutet, mit einer Niete wie dir verheiratet zu sein!«

»Matthias, ich …« Meine Mutter zuckt zusammen und einen Sekundenbruchteil habe auch ich den Eindruck, mein Vater wolle sie treten, aber er dreht sich auf dem Absatz um und stürmt über die Terrasse ins Wohnzimmer. Seine Schuhe hinterlassen erdige Spuren auf dem hellen Teppich. »Komm ins Arbeitszimmer, Benjamin,« herrscht er mich an.

»Ist es das, was du gewollt hast, Benny, ja?«

Ich stehe vor dem Schreibtisch meines Vaters, die Hände auf dem Rücken verkrampft, damit er nicht sieht, wie sie zittern.

Mein Vater hat den Brief, mit dem er im Garten herumgerannt ist, jetzt vor sich liegen und klopft hart mit dem Zeigefinger der rechten Hand darauf herum. »Willst du das wirklich?«

Was denn? Ich verstehe kein Wort!

»Willst du, dass deine Schwester ins Heim kommt?«

Mir stockt der Atem. Sandy ins Heim? Warum?

»Willst du selbst ins Heim? Weg von deiner Mutter? Weg von mir?«

Meine Gedanken rasen hin und her wie aufgescheuchte Mäuse in ihrem Käfig. Ich kann nicht sprechen.

»Weißt du, was das hier ist, Benjamin?« Mein

Vater hält den Brief hoch, sodass ich einen kurzen Blick darauf werfen kann. *Jugendamt der Stadt …* lese ich. »Begreifst du überhaupt, was du uns angetan hast mit deinem Anruf bei der Polizei?«

Ich schüttele den Kopf, beiße auf meiner Unterlippe herum.

»Sieh mich an und antworte gefälligst, wenn ich mit dir spreche«, schnaubt mein Vater.

»Ich weiß nicht …«

»Natürlich nicht! Weil du genauso dämlich bist wie deine Mutter. Erst handeln, dann nachdenken! – Und wenn ihr nicht mehr weiterwisst, fangt ihr an zu heulen.« Mein Vater nimmt seine Brille ab und schließt einen Moment die Augen. Er sieht plötzlich erschöpft aus. »Benjamin, ich will doch nur euer Bestes! Wenn Mama und ich hin und wieder streiten, kann es schon passieren, dass es dabei etwas lauter wird. Das heißt doch aber nicht, dass ich sie nicht liebe. Oder euch. Ihr seid das Wichtigste, was es in meinem Leben gibt. Wenn mir das Jugendamt meine Kinder wegnehmen würde …« Ihm versagt die Stimme. Er reibt sich die Augen. »Und was glaubst du, wie deine Mutter sich fühlen würde, wenn ihr ins Heim kämt?«

»Aber warum …?«

»Die beiden Polizisten haben einen Bericht ans Jugendamt geschickt. Und das Jugendamt hat mir geschrieben, wenn noch einmal etwas vorfiele, würde man euch uns wegnehmen.«

Mein Vater kommt um den Schreibtisch herum. Er hält mich an beiden Armen fest und sieht mir in die Augen. »Das willst du doch sicher nicht, Benjamin, oder?«

Ich schüttele verzweifelt den Kopf.

»Siehst du, das weiß ich doch. Ich verstehe, dass du Mama helfen wolltest, dass du es gut gemeint hast. Aber auch, wenn man etwas gut machen will, kann etwas sehr Dummes dabei herauskommen. Verstehst du das?«

Ich nicke und versuche, nicht zu weinen.

»Dann verlass dich in Zukunft einfach darauf, dass ich niemals etwas tun werde, das meiner Familie schadet, ja?«

Zwei Tage später bin auf der Suche nach einem Block im Arbeitszimmer meines Vaters. Der Brief vom Jugendamt liegt unter einigen anderen Papieren immer noch auf dem Schreibtisch. Ich kann nicht anders, ich muss einen Blick darauf werfen. Mein Herz klopft heftig. Trotzdem ziehe ich den Brief so weit hervor, dass ich ihn lesen kann. Eine Dame vom Jugendamt lädt meine Eltern zu einem Gespräch ein und würde sich freuen, wenn sie einen Termin nennen würden, der ihnen angenehm ist. Davon, dass Sandra und ich ins Heim sollen, ist mit keinem Wort die Rede.

25

»Das war eine Scheißzeit. Vanessa, die mich ignorierte, das Gerede über Drogen, die kleine Schneider, die mich ständig anhimmelte, und dazu Yannick, der nicht einsah, dass er keine Chance bei ihr hatte.«
Moritz Niederbronner, 16 Jahre

Von: hiphopsandy@gmx.de
Datum: Mittwoch, 7. Dezember, 14:03 Uhr
An: lauralee15@freenet.de
Betreff: ☺☺☺!!

Hi Laura,
Du wirst es nicht glauben – ich glaube es ja selber noch nicht richtig! Mo fuhr heute mit derselben Straßenbahn nach Hause wie ich. (Die Fraas hatte mich aufgehalten, deswegen war ich spater dran.) Nach dem Aussteigen wartete er, bis ich ihn eingeholt hatte und sagte: »Samstag ist bei mir zu Hause 'ne Party. Wenn du magst, kannst du auch kommen.«
Ohne weitere Worte ☺☺☺,
Sandy.

Von: hiphopsandy@gmx.de
Datum: Donnerstag, 9. Dezember, 14:22 Uhr
An: lauralee15@freenet.de
Betreff: Spaßverderber

Hi Laura,
Kim und Janine können derartig blöd sein! »Was? Eine Party bei Mo? Pass bloß auf, dass du nicht umkippst!«, war Janines einziger Kommentar und Kim sagte: »Wer weiß, vielleicht wartet sie gerade auf so was, weil sie hofft, dass Mo sie dann beatmet.« Kicher, kicher, kicher.
Die beiden sind ja bloß neidisch! Ich werde mir jedenfalls den Spaß nicht verderben lassen,
Sandy.

Von: hiphopsandy@gmx.de
Datum: Freitag, 9. Dezember, 17:38 Uhr
An: lauralee15@freenet.de
Betreff: Spaßverderber II

Meine Mutter ist echt die Letzte! Weißt Du, was sie gesagt hat? »Eine Party bei Moritz Niederbronner? Das kommt überhaupt nicht infrage.«
Ich hab gedacht, ich hör nicht richtig! Da interessiert sich endlich der coolste Typ des ganzen Viertels für mich und dann soll ich sagen: »Meine Mama erlaubt nicht, dass ich komme«?
»Wieso nicht?«

»Du weißt doch genau, was über Moritz erzählt wird«, sagte meine Mutter.
»Aber das ist doch alles nicht wahr!«, brüllte ich, drehte mich auf dem Absatz um und rannte in mein Zimmer.
Wenn mein Vater nach Hause kommt, versuche ich bei ihm mein Glück. Schließlich hat er erst kürzlich gesagt, Moritz sei nicht verkehrt.
Drück mir die Daumen,
Sandy.

Von: hiphopsandy@gmx.de
Datum: Freitag, 9. Dezember, 21:15 Uhr
An: lauralee15@freenet.de
Betreff: ☺☺☺!!!

Stell Dir vor, Laura,
ich hab's doch noch geschafft! Habe vorsichtshalber gewartet, bis mein Vater vom Joggen kam – weil er da immer am besten gelaunt ist.
»Zu Niederbronners?«, hat er gefragt. »Aber natürlich.«
Meine Mutter kam dazu, schnappte nach Luft und sagte:
»Das habe ich ihr heute Nachmittag verboten, Matthias.«
»Nun sei doch nicht so, Miriam! Schließlich wird sie bald fünfzehn.«
»In einem halben Jahr!«
»Und es ist direkt in der Nachbarschaft.«
»Ich habe gehört, Moritz sei für die Graffiti-Schmierereien hier in der Gegend verantwortlich und …«

»In dubio pro reo – im Zweifel für den Angeklagten – das weißt du doch wohl, Schatz?«

»... und was noch viel schlimmer ist, er soll ...«

»Verschon mich, Miriam! Solange du nicht mehr zu bieten hast als bösartiges Gerede, erlaube ich meiner Tochter, auf diese Party zu gehen. Verstanden?«

Das Leben ist herrlich!

Bald mehr,

Sandy.

Sandra hatte erreicht, was sie wollte: Sie wurde – wie ihre Freundinnen Kim und Janine – auf der Realschule angemeldet. Aufgrund ihrer Noten erfolgte die Aufnahme allerdings unter Vorbehalt. Sandra musste zum Probeunterricht antreten, den sie mit fliegenden Fahnen bestand.

In ihrem Abschlusszeugnis der Grundschule stehen eine Eins in Deutsch und eine Drei in Mathematik, ansonsten lauter Zweien.

Mein Vater studiert das Zeugnis aufmerksam. Immer wieder sieht er über seine Brille hinweg Sandra an, die mit funkelnden Augen vor ihm steht. Schließlich stiehlt sich ein widerwilliges Lächeln in sein Gesicht. »Hast du wieder erreicht, was du wolltest, du kleiner Sturkopf, ja?«

Ende August muss meine Mutter für zwei Wochen ins Krankenhaus. Seit der Sache mit Sandras Übertrittszeugnis hat sie Probleme mit dem linken Knie, die durch eine Operation behoben werden sollen. Der Eingriff bringt nicht den erhofften Erfolg. Zwar sind die Schmerzen danach nicht mehr so stark, aber meine Mutter spürt jeden Wetterumschwung. Sie hat mehrere solche Souvenirs. Von ihrer ersten Zahnlücke sieht man natürlich nichts mehr. Da hat Dr. Lehmann ihr seinerzeit ein wunderschönes Implantat verpasst. Auch die Brücke, die vor zwei Jahren nötig wurde, nachdem mein Vater einen wichtigen Prozess verloren hatte, ist einwandfrei. Dass meine Mutter auf einem Ohr kaum noch etwas hört, seit ich mich bei einem Soloauftritt beim Schulkonzert gründlich verspielt habe, kann sie meistens vertuschen. Unübersehbar ist allerdings, dass der Ringfinger und Mittelfinger ihrer linken Hand fast steif sind. Das ist so, seitdem Sandra mit elf Jahren wichtige Dateien auf dem Laptop meines Vaters gelöscht hat. Damals habe ich mich vor meine Mutter gestellt, doch das hat nichts geholfen. Mein Vater stieß mich einfach beiseite. Ich verlor das Gleichgewicht und fiel so heftig gegen den Schreibtisch, dass mir die Luft wegblieb. Hilflos musste ich mit ansehen, wie mein Vater meiner Mutter die Finger brach. Ein einziges Mal, das muss Ende der achten, Anfang der neunten Klasse gewesen sein, frage ich sie, warum wir nicht einfach weggehen. Unsere Sachen packen, zu meiner Großmutter fahren und dort bleiben. Wir sind in der Küche. Meine Mutter hat eine dunkle Sonnenbrille auf und hackt Zwiebeln, während ich Tomaten für den Salat schneide. Als ich meine Frage stelle, seufzt sie und lässt sich mir gegenüber auf einen Stuhl sinken. Sie nimmt die Brille ab und vergräbt den Kopf in den Händen. »Ach Benny …« Ich starre auf die breiten weißen Strähnen, die sich mittlerweile durch ihr Haar ziehen. Es dauert lange, bis meine Mutter den Kopf wieder hebt. Ich versuche, nicht auf ihr rechtes Auge zu sehen, das bis auf einen winzigen Schlitz zugeschwollen ist. Als meine Mutter den Blick bemerkt, setzt sie die Sonnenbrille rasch wieder auf. »Ich kann euch doch eurem Vater nicht wegnehmen … Er liebt euch schließlich über alles! Und er ist so stolz auf euch … Nein – ich darf ihn einfach nicht immer so reizen … – Und außerdem – bei Oma und Opa wäre doch gar nicht genug Platz für uns.«

Sie erhebt sich ein wenig mühsam und fängt an, Petersilie von den Stielen zu zupfen. Ihre Unterlippe zittert und unter der Sonnenbrille hervor rinnt eine Träne über ihre Wange.

Wortlos stehe ich auf und gehe in mein Zimmer.

26

»Wenn Niederbronners verreisen, stellen wir das Telefon immer gleich neben den Fernsehsessel. Dann kann man nämlich darauf warten, dass der Moritz über die Stränge schlägt.«
Babette Morasek, 64 Jahre, Nachbarin der Niederbronners

Von: hiphopsandy@gmx.de
Datum: Samstag, 10. Dezember, 23:11 Uhr
An: lauralee15@freenet.de
Betreff: Frust

Mensch Laura,
war das eine dämliche Party! Das heißt, die Party war eigentlich gut. Die Niederbronners haben einen super Partykeller – mit einer richtigen Tanzfläche, mit Discokugel und allem Drum und Dran. Dazu eine irre Musikanlage. Und Dennis legte Hip-Hop vom Feinsten auf. Nur ich gehörte einfach nicht dorthin. Es waren lauter Zehntklässler da, die durch mich hindurchsahen. Und Mo hockte die ganze Zeit mit einer Flasche (Wodka?) auf einem Sofa und starrte ins Leere. Kannst Du mir sagen, wieso er mich eingeladen hat, wenn er mich dann vollkommen ignoriert?!

Zur Krönung des Ganzen hing Yannick ständig in meiner Nähe rum. Bis zehn habe ich gehofft, dass Mo mich vielleicht doch noch zur Kenntnis nimmt, dann bin ich gegangen. Auf der Straße holte Yannick mich ein und bestand darauf, mich nach Hause zu begleiten. Ich sage Dir, ich war fast im Laufschritt unterwegs!
Kim und Janine werden mich wochenlang gnadenlos aufziehen, wenn sie das jemals erfahren sollten.
Enttäuschte Grüße,
Sandy.

Von: hiphopsandy@gmx.de
Datum: Sonntag, 11. Dezember, 11:47 Uhr
An: lauralee15@freenet.de
Betreff: Meine Mutter spinnt!

Hi Laura,
bin schon wieder da! Kannst Du Dir vorstellen, dass meine Mutter mir heute beim Frühstück allen Ernstes eine Karte für ein KLASSIK-Konzert andrehen wollte? ICH sollte mit ihr in ein Weihnachtskonzert in so 'ner ollen Kirche gehen!!
Eigentlich war die Karte ja für Weichei Benny gedacht, aber der sagte, er hätte keine Zeit. Wurde knallrot und hat mächtig rumgestottert, als meine Mutter ihm stolz die Karten präsentierte. Wüsste zu gern, was er vorhat, denn dass mein Bruder sich ein KLASSIK-Konzert entgehen lässt, hat es noch nie gegeben!

Bevor meine Mutter mich noch länger nerven konnte, mischte mein Vater sich ein. »Was ist eigentlich mit mir?«, fragte er und machte ein ganz beleidigtes Gesicht. »Warum fragst du nicht mich, ob ich dich begleiten möchte?«
Meine Mutter wirkte nicht sonderlich glücklich, aber ich war immerhin gerettet. Werde jetzt Janine und Kim anrufen, ob wir nicht vielleicht doch ein bisschen bei uns im Keller proben wollen.
Schönen Sonntag noch,
Sandy.

27

»Ich weiß nicht, was da in mich gefahren ist. Aber als ich Benny so traurig an der Straßenbahnhaltestelle stehen sah, kamen die Worte ganz von allein.«
Vanessa Odörfer, 16 Jahre

»Hey Benny! Hast du Lust, am Sonntag mit mir auf den Flohmarkt zu gehen?« Vanessa steht vor mir und sieht mich mit schräg gelegtem Kopf an.

»Auf … auf den Flohmarkt?«, stammle ich wie ein Idiot.

»Ich weiß, eigentlich blöd um die Jahreszeit. Aber ich habe noch keine Weihnachtsgeschenke und meine Oma und meine Mutter stehen total auf Trödel.«

Auf den Flohmarkt … Mit Vanessa …

»Okay, vergiss es«, sagt sie und rückt ihren Rucksack zurecht. Die Straßenbahn fährt ein und Vanessa drückt auf den Türöffner. Ich räuspere mich fast panisch, krächze etwas Unverständliches, versuche es noch einmal. »Klar habe ich Lust«, blubbert es aus mir heraus.

Vanessa, einen Fuß schon auf der Einstiegstreppe, dreht sich um »Wirklich?« Sie strahlt.

Aus den Augenwinkeln sehe ich Moritz, der an der nächsten Tür einsteigt. Sein Blick sagt mir, dass ich das hier bitter bereuen werde.

Sonntag beim Frühstück überrascht meine Mutter mich mit Karten für das Weihnachtsoratorium.

»Ich ... ich kann heute nicht«, stottere ich, als sie die Karten auf den Tisch legt.

»Aber Benny ...!« Enttäuschung breitet sich wie ein dunkles Tuch über ihr Gesicht. Sofort fühle ich mich schuldig. Warum macht sie das nur?

»Wirklich, Mama, es geht einfach nicht. Ich ... muss etwas für die Schule vorbereiten. Wir treffen uns heute Nachmittag um zwei.« Dies ist wahrscheinlich meine einzige Chance, jemals etwas mit Vanessa zu unternehmen.

»Aber ...«

»Nun lass doch den Jungen in Ruhe, Miriam! Er hat dir doch eben deutlich gesagt, dass es in seinem Leben noch andere Dinge gibt als seine Mutter. – Warum fragst du mich eigentlich nicht, ob ich mit dir ins Konzert gehen möchte?«

Ich springe so hastig auf, dass mein Stuhl umkippt, und flüchte aus dem Esszimmer.

Seit einer Viertelstunde stehe ich im Schneegeriesel und warte. Hat Vanessa wirklich am Freitag

»Also, dann bis Sonntag« gesagt? Oder habe ich das geträumt?

»Sorry, Benny! Ich hab die Straßenbahn verpasst. Bin fast erfroren. Fühl mal.« Eine eiskalte Hand liegt kurz auf meiner Wange.

»Möchtest du erst einmal einen Kakao trinken, um wieder aufzutauen?«, frage ich.

Vanessa schüttelt so heftig den Kopf, dass ihre Indianerhaare fliegen. »Später vielleicht. Jetzt will ich erst mal gucken! Bei dem Wetter ist der Markt bestimmt bald zu Ende.«

Sie zieht mich von Stand zu Stand, kramt mit ihren klammen Fingern in Kartons voll alter Spitze, prüft bestickte Bettwäsche und zerbrechliches Porzellan.

Und dann bleibt sie plötzlich stehen und sagt: »Das wäre doch etwas für dich.«

»Was?«

Wir stehen vor einem Plastikpavillon mit Stangen voll alter Kleider. Ich habe weder Bedarf an original 70er-Jahre-Jeans noch brauche ich Rüschenhemden.

»Na der da!« Am Gestänge des Pavillons hängt ein schwarzer Ledermantel. Lang. Breit. Schwer, so wie er aussieht.

»Du spinnst. Der ist mir doch viel zu groß!«

»Quatsch! Probier mal! Ich bin sicher, er passt!«

»Ja, probier ihn – und dann nimm ihn mit!«, fleht der langhaarige junge Mann, der sich hinter einem Tapeziertisch voller Pullover, Mützen und Schals verschanzt hat. »Ihr könnt euch nicht vorstellen, wie viele Leute das Teil heute schon in den Händen hatten!«

Eigentlich will ich nicht, aber Vanessa hat den Mantel schon vom Haken genommen und hält ihn mir entgegen. Ich gebe meinen Anorak dem Verkäufer zum Halten und schlüpfe in die Mantelärmel. Staunend sehe ich zu, wie meine Hände zum Vorschein kommen.

»Super! Wie für dich gemacht!« Vanessa klatscht in die Hände.

Der junge Mann ist hinter seinem Tisch hervorgekommen. »Der hat eindeutig auf dich gewartet«, sagt er und dreht einen fleckigen alten Spiegel so, dass ich hineinsehen kann.

Vor mir steht ein Fremder. Größer als ich, mit breiteren Schultern als ich. Nur seine kinnlangen Locken kommen mir bekannt vor. Ich runzle die Stirn – und der Fremde im Spiegel macht es mir nach. Ich schiebe die Hände in die Manteltaschen – und der Fremde im Spiegel folgt meinem Beispiel.

Wann bin ich so gewachsen, dass ich einen solchen Mantel ausfülle?

»Hey, geil.« Ein Typ, der aussieht wie ein in die Jahre gekommener Rocker, bleibt neben mir stehen. »Was soll der kosten?«

»Der ist schon verkauft«, sagt eine Stimme, die

zu dem Fremden im Spiegel passt. Bin das wirklich ich? Was will ich mit einem Ledermantel?

»Ein Jammer«, sagt der Rocker. »Ist echt super.«

»Dann mach mal hundertfünfzig Euro locker.« Der Verkäufer grinst mich an.

»Hundertfünfzig?«

»Na klar. Hast du 'ne Ahnung, was so 'n Mantel regulär kostet?«

Habe ich nicht. Ist mir auch egal. Ich fingere in der Gesäßtasche meiner Jeans nach dem Geldbeutel, blättere durch die Scheine. »Ich kann dir fünfzig geben.«

In Vanessas Augen blitzt etwas wie Bewunderung auf und der Verkäufer guckt, als hätte ich ihn geschlagen. »Spinnst du?«

»Dann eben nicht.« Ich mache Anstalten, den Mantel wieder auszuziehen.

»Hey! Komm zurück!«, ruft der Verkäufer hinter dem Altrocker her, doch der verschwindet in der Menge. »Oh Mann! Was für ein Mist! – Dann mach wenigstens neunzig draus!«

»Geht nicht.« Ich fange an, mein Geld auf den Tapeziertisch zu blättern, wobei ich allerdings zwanzig Euro stecken lasse. Schließlich will ich Vanessa einladen, wenn wir hier fertig sind.

»Du kannst genau fünfzig, sechzig …«, ich öffne das Münzfach, »… zwei, drei … dreiundsechzig Euro und einundvierzig Cent haben.«

»Vielleicht möchte deine Freundin noch ein

bisschen was drauflegen?« Der Verkäufer grinst Vanessa aufmunternd an. »Die sieht aus, als würde der Mantel sie richtig heiß machen.«

Vanessa wird rot, dreht sich um und geht zum nächsten Stand weiter, wo sie sich intensiv für eine angeschlagene Porzellanpuppe interessiert.

»Okay, dann also nicht.« Ich will den Mantel jetzt wirklich ausziehen. Der Verkäufer greift rasch nach meinem Geld. »Zieh bloß Leine, du Halsabschneider«, sagt er. »Und nimm den da mit!« Er wirft mir meinen Anorak zu.

28

»Es kam mir vor, als sei Benjamin über Nacht erwachsen geworden.«
Wiltrud Riemann, 76 Jahre, Nachbarin

Von: hiphopsandy@gmx.de
Datum: Sonntag, 11. Dezember, 19:11 Uhr
An: lauralee15@freenet.de
Betreff: Ich schon wieder!

Hi Laura,
das muss ich unbedingt loswerden! Du glaubst nicht, was eben passiert ist: Es hat an der Haustür geklingelt, und weil meine Eltern in diesem blöden Konzert sind, bin ich runtergegangen, um aufzumachen. Vor mir stand ein riesiger Typ in einem langen schwarzen Mantel – wie Keanu Reeves in *Matrix,* nur mit Locken. Ich bin so erschrocken, dass ich die Tür gleich wieder zuknallen wollte, da sagte er: »Danke. Ich hab meinen Schlüssel vergessen.«
Ich kann immer noch nicht glauben, dass das mein Bruder gewesen sein soll! Der sah überhaupt nicht mehr aus wie

Weichei Benny! Wie ist er bloß auf die Idee gekommen, sich einen Ledermantel zu kaufen?!
Sandy.

Von: hiphopsandy@gmx.de
Datum: Montag, 12. Dezember, 15:48 Uhr
An: lauralee15@freenet.de
Betreff: Mein Bruder, das unbekannte Wesen

Hi Laura,
heute in der Straßenbahn hat sich jedes, echt JEDES Mädchen nach Benjamin umgedreht. Der totale Wahnsinn! Mit diesem komischen Mantel sieht er auf einmal viel größer aus. Und er bewegt sich ganz anders. Ich bilde mir ein, dass sogar seine Stimme tiefer geworden ist. Es ist richtig unheimlich!
Und weißt Du, was noch passiert ist? Vanessa hat sich zu ihm gesetzt und nicht er wurde rot, sondern SIE.
Sonderbar. Sehr sonderbar.
Sandy.

Ich ziehe den Mantel an und es ist, als würde ich eine andere Haut überstreifen. Das steife Leder zwingt mich dazu, mich gerade zu halten und unter seinem Gewicht muss ich die Schultern straffen. Als ich gleichzeitig mit meinem Vater das Haus verlasse, mache ich eine Feststellung, die mir die Knie weich werden lässt: Ich kann meinem Vater direkt in die Augen blicken. Er scheint das nicht zu bemerken, sagt nur: »Toller Mantel. Woher hast du den?«

In meinem Kopf macht etwas »Klick«.

Als Vanessa sich in der Straßenbahn neben mich setzt, ein wenig heiser »Morgen, Benny« sagt und rot wird, klickt es noch einmal. Und ein drittes Mal am nächsten Tag, als ich beim Aussteigen versehentlich Moritz anrempele und der sich entschuldigt.

Von: hiphopsandy@gmx.de
Datum: Donnerstag, 15. Dezember, 19:00 Uhr
An: lauralee15@freenet.de
Betreff: Ich will eine andere Familie!

Hi Laura,
Du möchtest nicht vielleicht mit mir tauschen? Das aufregende Berlin gegen das finstere Bayern, deine coole Mutter gegen meine bescheuerte? Um Dir das Ganze schmackhaft zu machen, könnte ich Dir Benjamin als Dreingabe anbieten. Einen gut aussehenden (warum ist mir das bisher nie aufgefallen?) Sechzehnjährigen mit einem bedauerlichen Hang zu klassischer Musik. Gerade jetzt dringt sein Geklimper wieder durch sämtliche Wände. ☹.
Aber ganz im Ernst – ich könnte verrückt werden hier! Eben ist mein Vater nach Hause gekommen – total begeis-

tert, weil er überraschend in den Weihnachtsferien Urlaub machen kann UND in Saas Fee noch freie Zimmer gefunden hat. Er will mit uns zwei Wochen in die Berge fahren!! Vor Begeisterung bin ich ihm um den Hals gefallen – und glaubte, mich verhört zu haben, als meine Mutter sagte: »Aber Matthias, ich habe doch meine Eltern zu Weihnachten eingeladen.«
»Dann verschieb die Einladung eben um zwei Wochen«, lachte mein Vater, drückte mich und gab mir einen Kuss.
»Aber im neuen Jahr muss Papa ins Krankenhaus ...«
»Jetzt sei doch nicht so umständlich, Miriam! Dann kommen deine Eltern eben, sobald dein Vater wieder auf den Beinen ist.«
»Und wenn er nicht ...«
»Verdammt noch mal! Ich habe das ganze Jahr hart gearbeitet! Ich habe mir diesen Urlaub weiß Gott verdient!«
Mein Vater lief dunkelrot an und an seiner Schläfe pochte eine Ader so stark, als würde sie gleich platzen. Einen Moment lang dachte ich, er wollte meiner Mutter eine runterhauen, aber dann ist er in sein Arbeitszimmer gestürmt und hat die Tür hinter sich zugeschlagen, dass die Wände bebten.
Habe mich in mein Zimmer verzogen, weil ich die Duldermiene meiner Mutter nicht mehr ertragen konnte. Hoffentlich fahren wir wirklich! Ich habe überhaupt keine Lust, meinen Großvater tagelang zu ertragen. Für den gibt es nur drei oder vier Berufe: Arzt, Anwalt, Ingenieur – und natürlich Oberstudienrat, wie er selbst einer war. Wie mein Vater kann er sich nicht vorstellen, dass man seinen

Lebensunterhalt in der Musikbranche verdienen könnte. Und dementsprechend bohrt er jedes Mal, ob ich nicht nach der Mittleren Reife wenigstens das Fachabitur machen will. Als ob ich mir darüber jetzt schon Gedanken machen würde!
Ich weiß nur, dass ich auf keinen Fall wie meine Mutter am Herd versauern werde. Aber wahrscheinlich gehe ich vorher sowieso vor Langeweile ein,
Sandy.

Von: hiphopsandy@gmx.de
Datum: Freitag, 16. Dezember, 17:28 Uhr
An: lauralee15@freenet.de
Betreff: Thank God it's friday!

Hi Laura,
ich habe überhaupt keinen Bock mehr auf Schule! Ist doch sowieso alles umsonst. Ich muss die Klasse hundertprozentig wiederholen. Könnte also genauso gut den Rest des Schuljahres zu Hause bleiben – wenn ich da nicht ständig meine Mutter im Nacken hätte. Ich kann die Ferien kaum erwarten. Freue mich so aufs Skifahren!
Meine Mutter zickt immer noch rum, weil sie ihre Eltern ausladen musste. – Statt sich zu freuen, dass sie mal zwei Wochen lang nicht kochen, putzen und waschen muss!
Versteh einer die Erwachsenen …
Schönes Wochenende erst mal,
Sandy.

Von: hiphopsandy@gmx.de
Datum: Sonntag, 18. Dezember, 17:28 Uhr
An: lauralee15@freenet.de
Betreff: Der Countdown läuft ...

Hallo Laura,
eine Woche noch, dann fahren wir!!! Wer weiß, vielleicht krieg ich sogar ein neues Snowboard zu Weihnachten. Mein Vater hat heute so eine Andeutung gemacht ... Jedenfalls freue ich mich derartig, dass ich sogar das Geklimper ertragen konnte, das meine Mutter und Benny mal wieder zur Adventsstunde veranstaltet haben. Wünsche Dir einen guten Endspurt! Schätze, Du wirst bis zur letzten Stunde alles geben, oder? Ich bereite mich lieber mental aufs Skifahren vor,
Sandy.

Von: hiphopsandy@gmx.de
Datum: Freitag, 23. Dezember, 15:34 Uhr
An: lauralee15@freenet.de
Betreff: Frohe Weihnachten und einen guten Rutsch!

Hi Laura!
Danke für Deine liebe Mail! Ich wünsche Dir auch schöne Weihnachten, tolle Ferien und viel Spaß bei Deutschlands größter Silvester-Party (bin nicht mal neidisch!),
Sandy.

29

»Da war nichts. Überhaupt nichts. Trotzdem hatte ich in Thilos Gegenwart das Gefühl, es könnte für mich noch ein anderes Leben geben.«
Miriam Schneider, 41 Jahre

Ich bin jeden Morgen wieder fassungslos, wenn Vanessa sich in der Straßenbahn mit mir unterhält, als seien wir schon immer die besten Freunde gewesen. Mo tut zwar, als interessiere ihn das nicht im Geringsten, aber manchmal wirft er mir im Unterricht Blicke zu, die mir noch vor wenigen Wochen echt Angst gemacht hätten.

Am letzten Schultag fragt Vanessa: »Wollen wir in den Ferien mal zusammen ins Kino gehen?«

Vor Enttäuschung wird mir richtig schlecht. »Das geht nicht«, murmele ich. »Wir fahren weg.«

»Schade. Ich hätte mich echt gefreut …«

In diesem Moment fühle ich nur noch Wut auf meinen Vater. Warum fährt er nicht mit Sandra alleine weg? Meine Mutter kann mit ihrem Knie schon lange nicht mehr Ski fahren und mir hat es nie Spaß gemacht. Wir werden zwei Wochen für nichts und wieder nichts zwischen lauter Snobs in einem teuren Hotel herumsitzen.

»Bist du immer noch nicht fertig? Wir warten!« Mein Vater und Sandra stehen in voller Skimontur vor meiner Zimmertür, Sandra mit ihrem neuen Snowboard unter dem Arm. Wahrscheinlich hat sie es mit ins Bett genommen – so begeistert, wie sie davon ist.

»Ich gehe nicht mit«, sage ich.

»Was?« Mein Vater sieht mich ungläubig an.

»Ich will Mama nicht den ganzen Tag allein lassen.«

»Glaubst du allen Ernstes, ich bezahle dieses teure Hotel, damit ihr vor dem Kamin rumhocken könnt?«

»Warum hast du uns dann gezwungen mitzukommen?«, möchte ich am liebsten fragen.

»Lass ihn doch«, sagt Sandra. »Sonst müssen wir nur ständig auf ihn warten, wenn er sich wieder irgendwo nicht runtertraut.«

Mein Vater überlegt einen Moment, dann grinst er und sagt: »Du hast recht. Ich melde dich unten zu einem Langlauf-Einsteigerkurs an, Benjamin. So kommst du wenigstens ein bisschen an die frische Luft.« Er legt Sandra einen Arm um die Schultern und lachend verschwinden die beiden die Treppe hinunter.

Ich habe Skifahren immer gehasst. Die Warterei am Lift, das Durchgefrorensein, bis man oben ankommt, die Ski, die sich andauernd selbstständig machen wollen.

Das hier ist anders. Schon nach zehn Minuten strömt mir der Schweiß übers Gesicht, aber die schmalen Bretter scheinen eher bereit, das zu tun, was ich will. Ich dachte immer, Skilanglauf sei etwas für alte Leute. Jetzt stelle ich fest, dass gerade das Skaten eher etwas für Hochleistungssportler ist. Wahrscheinlich hat mein Vater deshalb gegrinst. Er hat sicher nicht erwartet, dass mir die Sache schon am zweiten Tag so viel Spaß machen würde, dass ich den dritten kaum erwarten kann – trotz eines hundsgemeinen Muskelkaters.

»Nein, wirklich nicht«, sagt meine Mutter und streicht sich mit einer vertrauten Geste ihre widerspenstige Haarsträhne hinters Ohr.

Ich wollte fragen, ob sie Lust auf eine Partie Schach hat, und nun finde ich sie mit einem fremden Mann im Lese-Salon des Hotels. Die beiden sind so vertieft in ihr Gespräch, dass sie mich nicht bemerken.

»Was ist denn schon dabei?«, fragt der Fremde eindringlich. »Es wären wirklich nur ein paar Aufnahmen.«

»Was wollen Sie denn mit einem Gesicht wie

meinem?«, fragt meine Mutter und klingt schon etwas weniger abweisend.

»Das werde ich Ihnen zeigen, wenn Sie sich von mir fotografieren lassen.«

Mit klopfendem Herzen verlasse ich den Salon.

Nach einer Woche ist der Muskelkater verschwunden. Mein Körper fühlt sich fremd an. Er verlangt geradezu nach Bewegung. Nach mehr Bewegung als den zwei Stunden Fortgeschrittenen-Kurs am Vormittag. Also gehe ich nachmittags alleine in die Loipe. Noch nie habe ich mich so frei gefühlt wie in diesen Stunden, in denen ich durch die glitzernde Winterlandschaft gleite und mein Körper auf Hochtouren arbeitet.

Von: hiphopsandy@gmx.de
Datum: Montag, 9. Januar, 17:01 Uhr
An: lauralee15@freenet.de
Betreff: Frohes neues Jahr?

Hi Laura!

Wir sind zurück – und gleich herrscht wieder Bombenstimmung. Meine Mutter hat Post bekommen. Der gepolsterte Umschlag lag in der Küche, und als mein Vater mittags nach Hause kam, guckte er – neugierig, wie er ist, – hinein. Ich stand neben ihm und sah, wie er richtig weiß um die Nase wurde. Ganz langsam, eines nach dem anderen, breitete er eine Handvoll großformatiger Schwarz-Weiß-Fotos auf dem Küchentisch aus. Fotos von meiner Mutter. Porträtaufnahmen. Ich weiß gar nicht, wie ich es sagen soll – mir war nie klar, dass meine Mutter so schön ist. Obwohl sie wie immer kaum geschminkt ist, sieht sie aus wie ein Fotomodell.

Am Kiefer meines Vaters zuckte ein Muskel. Erst jetzt schien er zu merken, dass ich neben ihm stand. »Was willst du hier?«, fuhr er mich an. »Geh in dein Zimmer!« Und dann rief er: »Miriam! Miriam, komm doch mal!«

Meine Mutter kam in die Küche, sah die Fotos und bekam hektische rote Flecken im Gesicht. »Was machst du mit meiner Post?«

»Von wem sind diese Bilder?«, fragte mein Vater und – nach einem Blick auf den Absender: »Wer ist Thilo Schwarz?«

»Ein Fotograf, der in unserem Hotel gewohnt hat.«

»Wie kommst du dazu, dich von dem Kerl fotografieren zu lassen!?«

»Was ist denn schon dabei ...«

»... dass ein Wildfremder meine Frau mit den Augen auszieht?«

»Also wirklich, Matthias!«

Ich verstand, was mein Vater meinte. Das Gesicht meiner Mutter wirkt auf diesen Bildern schutzlos und weich, irgendwie nackt. So, als würde sie zu Hause eine Maske tragen, die sie für den Fotografen abgelegt hat.

»Sandra, jetzt verschwinde endlich«, schnauzte mein Vater mich plötzlich an.

»Aber wir essen doch gleich!«
»Ich will mich mit deiner Mutter unterhalten – in Ruhe!«
Ich weiß, wann Widerrede zwecklos ist, deshalb verzog ich mich. Auf der Treppe traf ich meinen Bruder. »Kannst wieder raufgehen«, ließ ich ihn wissen. »Mittagessen ist erst mal gestrichen.«
»Was ist denn los?«
»Irgendein Typ hat unsere Mutter fotografiert und ihr die Bilder geschickt.«
Benny sah plötzlich aus, als wäre er einem Gespenst begegnet. Weiß er etwas, das ich nicht weiß? Mein Vater hat während des ganzen Mittagessens nicht gesprochen und meine Mutter sah aus, als würde sie jeden Moment losheulen.
Hoffe, Dein neues Jahr hat besser angefangen,
Sandy.

30

»Yannick hörte einfach nicht auf, wegen der kleinen Schneider rumzunerven. Also hab ich ihm den Gefallen getan und sie noch einmal eingeladen.«
Moritz Niederbronner, 16 Jahre

Von: hiphopsandy@gmx.de
Datum: Mittwoch, 11. Januar, 21:30 Uhr
An: lauralee15@freenet.de
Betreff: ☺☺??

Hi Laura,
wenigstens scheinen über Silvester alle vergessen zu haben, was für eine gefährliche Drogenhöhle das JUZ ist ;–). Heute durften Janine, Kim und ich nämlich wieder zum Hip-Hop-Training! Hat riesig Spaß gemacht! ☺☺!! Als wir nach Hause wollten, standen Mo und Yannick auf der Eingangstreppe rum. »Hey, Kleine«, sagte Mo und hielt mich am Arm fest. Kim und Janine blieben genervt stehen. »Ihr wollt doch sicher schon vorgehen, Mädels.« Mo grinste und mein Herz klopfte plötzlich wild.

»Wollen wir nicht«, erklärte Janine.
»Wollt ihr doch«, sagte ich.
»Keine Sorge, wir begleiten die Kleine nach Hause«, nuschelte Yannick. DARAUF legte ich nun überhaupt keinen Wert. Deshalb sagte ich zu Kim und Janine: »Ich komme gleich nach.«
»Wie du meinst.« Beleidigt zog Kim Janine die Stufen hinunter.
»Also – was ist?« Mein Herz raste jetzt richtig, aber ich klang ziemlich cool.
»Ich wollte dir ein frohes neues Jahr wünschen«, grinste Mo.
»Ja?« Jetzt kam ich mir ziemlich blöd vor.
»Und dann wollte ich mich entschuldigen für die Party neulich. Ich war einfach nicht gut drauf.«
Was sollte das werden?
»Hast du vielleicht am Samstag Zeit?«
»Wieso?« Ich klang immer noch cool, obwohl meine Gedanken sich überschlugen.
»Na ja, meine Alten sind am Wochenende zum Skifahren. Das wollten wir ausnutzen. Also – wenn du magst, komm vorbei. Ab acht ist Party angesagt.«
»Mal sehen ...«
»Kommst du jetzt endlich?«, quengelte Kim vom Fuß der Treppe.
»Ich muss los ...«
»Würde mich freuen, wenn du kommst«, rief Mo mir nach.
Ich würde mich auch freuen, wenn ich wüsste, dass er

mich diesmal nicht wieder ignoriert. Na ja, wenn es mir zu blöd wird, kann ich ja jederzeit nach Hause gehen.

Ciao,

Sandy.

Ich sitze neben Vanessa im Kino. Das ist besser als jeder Traum. Das ist absoluter Wahnsinn! Immer wieder berühren sich unsere Finger, wenn wir gleichzeitig in die Popcorn-Tüte greifen. Plötzlich zuckt Vanessa zusammen und drückt sich an mich. Ich verschütte unser Popcorn. Vanessa lacht verlegen: »Tut mir leid, Benny«, flüstert sie mir ins Ohr. »Ich bin total erschrocken. So eklig war Davey Jones im ersten Film nicht, oder?« Ich spüre ihren warmen Atem an meinem Gesicht und wage es: Ich lege meinen Arm um sie, ziehe ihren Kopf an meine Schulter – und warte darauf, dass sie sich sofort wieder losmacht. Aber das tut sie erst, als der Abspann läuft.

Von: hiphopsandy@gmx.de

Datum: Sonntag, 15. Januar, 20:14 Uhr

An: lauralee15@freenet.de

Betreff: Blackout

Hi Laura,

ist Dir so was schon mal passiert? – Dass Du Dich an nichts erinnern kannst? Na ja, fast nichts. Zumindest vom

Anfang der Party weiß ich noch ein bisschen was. Und dabei hab ich nur Cola getrunken! Trotzdem kann ich mich nicht erinnern, wie ich nach Hause gekommen bin.
Bei Niederbronners war alles hell erleuchtet und die Musik konnte man schon auf der Straße hören.
Mo machte auf, als ich klingelte, und gab mir einen Kuss. Einen richtigen! Mit allem, was dazugehört!! Meine Knie verwandelten sich schlagartig in Götterspeise, das kannst Du mir glauben.
»Tut mir leid, Kleines«, sagte er statt einer Begrüßung. »Das mit der Zeit ist ein bisschen schiefgegangen – die anderen kommen erst um neun.«
»Kein Problem.«
»Magst du vielleicht 'ne Cola?«, brummte es plötzlich hinter mir. Ich fuhr herum und starrte in Yannicks Mondgesicht
»'tschuldigung«, brummte er. »Wollte dich nicht erschrecken. – Und, möchtest du?« Er ließ eine offene Flasche vor meiner Nase hin- und herbaumeln.
»Gern.« Ich war froh, etwas zu haben, woran ich mich festhalten konnte, denn Mo sagte jetzt: »Sorry, muss die Musik leiser drehen, sonst maulen die Nachbarn gleich wieder.«
Ich folgte ihm in den Partykeller und nuckelte meine Colaflasche leer, während er und Dennis eine Runde Kicker spielten. Ich gruselte mich ein wenig vor Yannick, der mich nicht aus den Augen ließ und mich mit einer Cola nach der anderen versorgte. Ich langweilte mich ziemlich und dann weiß ich plötzlich nichts mehr.
Ist das bescheuert!
Sandy.

Auf dem Nachhauseweg in der Straßenbahn redet Vanessa ununterbrochen. Sie erzählt von den Weihnachtsferien, von den Geschenken, die sie bekommen hat, und von Mos Silvesterparty. »Ich war natürlich nicht da. Aber Bianka ist hingegangen, weil sie auf einen von den Typen steht, die eingeladen waren. Sie sagt, die Polizei sei zwei Mal aufgetaucht. Stell dir bloß vor! Und als Mos Eltern von ihrem Silvesterball zurückkamen, sind sie im Vorgarten auf ein paar Leute gestoßen, die sich die Seele aus dem Leib kotzten. Der Gipfel war aber, dass sie in ihrem Schlafzimmer ein Pärchen fanden, das gerade richtig zur Sache kommen wollte.« Vanessa kichert. »Mo hat jetzt für ein halbes Jahr absolutes Partyverbot.«

»Das kann nicht sein«, sage ich. »Sandra ist heute bei ihm eingeladen.«

»Das hast du bestimmt falsch verstanden.«

»Kaum. Schließlich hat sie ab mittags das Badezimmer blockiert.« Dann geht mir ein Licht auf. »Wahrscheinlich hat sie meine Eltern angelogen, weil sie mit dem Blödmann allein sein wollte.«

»Aber Mo ist nicht allein!« Vanessa macht sich von mir los und setzt sich aufrecht hin. Sie wirkt plötzlich beunruhigt.

»Wie meinst du das – er ist nicht allein?«

»Als ich zur Straßenbahn gegangen bin, kamen mir Dennis und Yannick mit einem Kasten Bier entgegen. ›Komm doch mit‹, hat Dennis mich noch angemacht. ›Mo wäre sicher begeistert.‹«

Mir ist plötzlich kalt. Yannick, Dennis, Mo und meine Schwester. – Ich glaube nicht, dass Sandra ahnt, worauf sie sich eingelassen hat.

31

»Als Benjamin Sandra durch die dunklen Straßen trug, fühlte ich mich wie im Film. Dass es ein Horrorfilm war, ahnte ich da noch nicht.«
Vanessa Odörfer, 16 Jahre

»Verschwindet. Für euch läuft hier nichts.« Am liebsten würde ich mitten in dieses widerliche Grinsen schlagen. Stattdessen sage ich: »Meine Schwester soll nach Hause kommen.«

»Ich glaube nicht, dass sie das will, Schneider. Die Party hat schließlich erst angefangen.«

»Schick Sandra raus.«

»Die werdet ihr wohl holen müssen.« Plötzlich ist Mo nicht mehr ganz so selbstsicher. »Die hat irgendwas gekippt, was sie nicht vertragen hat.«

Mein Magen krampft sich zusammen. »Sandra?«

»Nach unten«, ruft Vanessa und rennt vor mir die Kellertreppe hinunter. Wir landen in einem Raum, in dem sich eine Discokugel zu Hip-Hop-Musik dreht. Es ist so dunkel, dass ich im ersten

Moment kaum etwas erkennen kann. Doch dann sehe ich Yannick, der mit meiner Schwester auf dem Schoß auf einer Couch hockt. Gerade schiebt er eine seiner widerlichen Pranken unter Sandys Top.

»Sandra!«

Yannick springt auf und meine Schwester rutscht wie eine Gliederpuppe zu Boden.

»Was habt ihr mit ihr gemacht?!«

Dennis, eine Bierflasche in der Hand, erhebt sich vom zweiten Sofa und kommt auf mich zu. »Nun reg dich mal ab, Schneider«, sagt er. »Deine Schwester hat drei oder vier Colas mit Wodka gekippt. Wir wollten warten, bis sie einigermaßen zu sich kommt, bevor wir sie nach Hause bringen. Soll ja schließlich keinen Ärger kriegen, die Kleine.«

»Genau.« Moritz steht im Türrahmen und sein selbstgefälliges Grinsen ist wieder da.

Ich bücke mich, schiebe einen Arm unter Sandras Beine und einen unter ihren Oberkörper, hebe sie auf und schleppe sie die Treppe hoch. Ich höre Vanessa hinter mir und dann bin ich auch schon draußen und trage meine Schwester nach Hause. Sie murmelt sinnloses Zeug, versucht einmal schwach, sich loszumachen, gibt dann wieder auf.

»Was sollen wir bloß deinen Eltern sagen?«, fragt Vanessa, als sie mich einholt.

»Die sind in der Oper – zum Glück.« Ich bin mehr als erleichtert, dass mein Vater sich plötzlich wieder um meine Mutter bemüht. Die Bilder dieses Fotografen scheinen ihn nachdenklich gemacht zu haben, denn nachdem er sie entdeckt hatte, kam er abends mit einer Flasche Champagner und eben diesen Opernkarten heim. Beinahe zärtlich sagte er: »Ich muss mich wieder viel mehr um dich kümmern, Miriam.« Und gestern kam ich zufällig ins Wohnzimmer, als er ihr eine Silberkette mit einem funkelnden Anhänger um den Hals legte, »Du bist immer noch eine wunderschöne Frau«, murmelte und ihren Nacken küsste. Als er mich sah, blinzelte mein Vater mir verschwörerisch zu und meine Mutter wurde dunkelrot.

»Kannst du mir mal helfen?«, frage ich Vanessa und deute mit dem Ellbogen auf meine rechte Manteltasche. Sie greift hinein und holt meinen Schlüsselbund heraus. Nach einigem Suchen findet sie den richtigen Schlüssel, öffnet die Haustür, tastet nach dem Lichtschalter und bleibt dann unschlüssig stehen.

Meine Arme fangen an zu zittern. Der Adrenalinstoß, den mir der Anblick von Sandra auf Yannicks Schoß verpasst hat, ist verflogen. »Könntest du noch oben das Licht anmachen? Der Schalter ist da …«

Von Stufe zu Stufe wird meine Last schwerer.

Mit dem Fuß stoße ich Sandras Tür auf, an der ein großes Schild mit den Worten »DRAUSSEN BLEIBEN« prangt, und schaffe es gerade noch bis zum Bett. Ich lege meine Schwester ab, ziehe ihr die Schuhe von den Füßen und decke sie zu. Sandra schnorchelt beim Atmen, scheint aber sonst okay zu sein. »Nacht, Benny«, murmelt sie plötzlich, dreht sich dann auf die Seite und schläft leise schnarchend weiter.

»Das war's wohl«, sage ich zu Vanessa. »Danke.«

Im Hinausgehen fällt mein Blick auf Sandras Schreibtisch. Ihr Hausaufgabenheft liegt dort, aufgeschlagen bei der Doppelseite mit den Noten. Ich sehe genauer hin, und obwohl ich immer noch meinen Mantel anhabe, wird mir eiskalt.

»Was ist denn los?« Vanessa blickt mich fragend an, als ich Sandras Zimmertür hinter mir zuziehe. »Du bist ja total blass geworden.«

In meinem Kopf dreht sich alles.

»Benny? – Bist du okay?«

Nein. Bin ich nicht. Ich stehe am Rand eines Abgrunds und hatte keine Ahnung davon.

»He – Benny!« Vanessa nimmt mein Gesicht in beide Hände. »Jetzt sag doch was!«

Da passiert es. Ich klammere mich an sie, lasse den Kopf auf ihre Schulter fallen und fange an zu heulen. Erschrocken versucht Vanessa, einen

Schritt zurück zu machen, doch ich lasse sie nicht los. Und da schlingt sie ihre Arme um mich und hält mich fest. Ganz fest. Sie streichelt meinen Rücken und murmelt tröstende Worte.

Ich weiß nicht, wie lange wir da im Flur stehen. Ich weiß nur, dass das hier das Peinlichste ist, was ich je getan habe. Abrupt mache ich mich los, drehe mich um und fliehe in mein Zimmer. Ich erwarte, Vanessas Schritte auf der Treppe zu hören, aber sie folgt mir. Sie setzt sich neben mich aufs Bett. »Benny«, sagt sie, »wenn du dir solche Sorgen um Sandra machst, dann lass uns einen Arzt holen.«

»Das ist es nicht.« Ich habe die Ellbogen auf die Knie gestützt und meinen Kopf in den Händen vergraben, damit ich Vanessa nicht ansehen muss.

»Was ist es dann?«

Warum geht sie nicht einfach? Was will sie noch hier?

»Benny! Nun sag schon, was dich so fertig macht!«

Und da erzähle ich es ihr. Nachdem ich einmal angefangen habe, kann ich nicht mehr aufhören. Ich rede und rede, erzähle Vanessa all das, wovon kein Mensch eine Ahnung hat. Und sie hört mir zu.

»Das … Das ist ja krank«, sagt sie, als ich schließlich fertig bin. »Warum … Warum tut deine Mutter nichts dagegen? Warum lässt sie sich das gefallen?«

»Ich weiß es nicht«, sage ich und fühle mich unendlich müde. Leer. Ausgepumpt. »Ich weiß es wirklich nicht, Vanessa.«

»Und du meinst echt, dein Vater hat keine Ahnung, wie Sandras Zeugnis aussehen wird?«

»Auf keinen Fall. Sonst wäre er nicht so gut gelaunt.«

»Oh Mist! – Ich hatte keine Ahnung, dass es schon so spät ist! – Ich muss los.« Vanessa hat die Uhr auf meinem Schreibtisch entdeckt und springt auf.

»Ich bring dich runter«, sage ich, aber sie ist schon aus dem Zimmer und die Treppe hinunter. Sekunden später fällt die Haustür ins Schloss.

32

»Manchmal ist es schier zum Verzweifeln, wie wenig wir tun können.«
Irena Markowitz, 39 Jahre, Vertrauenslehrerin

»Bestimmt ist alles nicht so dramatisch, Benny. Du musst einfach mal mit Sandra reden. Sicher wissen deine Eltern schon, dass sie ein schlechtes Zeugnis kriegen wird.«

Ich kann nicht antworten, weil ich immer noch zu begreifen versuche, dass es Vanessa ist, die vor mir steht und wild gestikulierend auf mich einredet. »He! Ist da jemand?! – Warum sagst du nichts, Benny?« Ungeduldig tippt sie mir mit dem Zeigefinger auf die Brust. Heute Morgen in der Straßenbahn ist sie sofort zu mir gekommen. Sie hat nachgedacht über das, was ich ihr erzählt habe und statt schleunigst auf Abstand zu gehen, schlägt sie mir eine Strategie vor, die in einer normalen Familie wahrscheinlich funktionieren würde.

»Ich glaube nicht, dass Sandra mit mir redet.«

»Versuch es wenigstens. Und wenn es nicht klappt, müssen wir uns etwas anderes überlegen.«

Sie sagt »wir« und ich bin trotz meiner Verzweiflung beinahe glücklich.

Von: hiphopsandy@gmx.de
Datum: Montag, 16. Januar, 15:16 Uhr
An: lauralee15@freenet.de
Betreff: Moralapostel

Also echt Laura,
das ist so öde! Ich hab mich ausgeschlafen und jetzt geht es mir wieder gut! Warum müsst Ihr so ein Drama daraus machen – Du und mein Bruder? Weichei Benny stellt Mo als das personifizierte Böse hin und tut, als sei ich am Samstag beinahe vergewaltigt worden. Behauptet, er hätte mich bei Niederbronners rausgeholt und nach Hause geschleppt. Der spinnt total! Der könnte mich nicht mal heben, geschweige denn durch die Gegend tragen!
Jedenfalls hab ich ihn aus meinem Zimmer geschmissen und jetzt schlafe ich noch 'ne Runde,
Sandy.

»Und?«, fragt Vanessa am Dienstagmorgen.

»Keine Chance. Mit Sandra kann man nicht reden.«

Mittwoch, zweite Pause. Vanessa stürmt mit Riesenschritten durch die Aula. »Benny, du musst nach der letzten Stunde unbedingt noch bleiben!«, sagt sie.

»Warum? Was ist los?«

»Das erzähle ich dir später.« Sie scheint erleichtert zu sein, dass die Glocke zum Pausenende läutet und ich keine weiteren Fragen stellen kann.

Als das Klassenzimmer sich nach der sechsten Stunde leert, wartet Vanessa, bis ich meinen Rucksack gepackt habe. Dann nimmt sie mich bei der Hand und zieht mich durch das halbe Schulhaus. Vor der Tür neben dem Lehrerzimmer bleibt sie stehen.

»Was soll das?«

Wieder bleibt ihr die Antwort erspart, denn Frau Markowitz, unsere Vertrauenslehrerin, biegt um die Ecke. »Bitte, komm herein, Benjamin«, sagt sie und schiebt mich mehr oder weniger ins Zimmer.

Wie kann Vanessa es wagen, einfach mit Frau Markowitz zu sprechen? Was bildet sie sich ein?

Und die Markowitz schafft es tatsächlich, mir mit Tee, Keksen und einer gehörigen Portion Geduld die Geschichte zu entlocken, die ich Vanessa erzählt habe.

»Hast du schon einmal mit deiner Mutter

darüber gesprochen?«, fragt sie, als ich fertig bin.

»Meine Mutter tut, als sei alles in bester Ordnung.«

»Und weiß sie, wie es um die schulischen Leistungen deiner Schwester steht?«

»Ich bin nicht sicher. – Manchmal habe ich das Gefühl, sie will es gar nicht wissen.«

»Kannst du ihr sagen, was für Sorgen du dir machst? Weißt du, das Problem ist, dass eigentlich niemand aktiv werden kann, solange deine Mutter nicht um Hilfe bittet.«

»Sprechen könnte ich natürlich mit ihr …«

»Dann tu das, Benjamin. Und wenn es nichts hilft, wenn deine Mutter nichts unternehmen will und du weiterhin Sorge hast, dein Vater könnte gegen deine Schwester gewalttätig werden, dann gibt es immer noch die Möglichkeit einer Inobhutnahme durch das Jugendamt.«

»Was heißt das?«

»Das Jugendamt könnte deine Schwester – und natürlich auch dich – in einer geeigneten Einrichtung unterbringen, bis die Situation bei euch zu Hause geklärt ist.«

»Ich werde mit meiner Mutter sprechen.« Ich stehe auf.

»Wenn das nichts hilft, Benjamin«, sagt Frau Markowitz, »komm wieder zu mir. Dann überlegen wir gemeinsam, was wir tun können.«

Ich nicke, übersehe fast ihre zum Abschied ausgestreckte Hand, stolpere aus dem Zimmer.

Vanessa steht vor der Tür. »Benny …«

Ich lasse sie stehen, gehe wie blind Richtung Ausgang. Sie kommt mir nach. »Benny, bitte sei nicht böse! Ich konnte doch nicht … Hätte ich denn einfach zusehen sollen? Jemand muss doch etwas tun!«

Wortlos gehe ich weiter und Vanessa bleibt schließlich hinter mir zurück.

33

»Bevor Benny mich mit Sandras Schulleistungen konfrontiert hat, dachte ich wirklich, es könnte noch einmal einen Neuanfang geben.«
Miriam Schneider, 41 Jahre

»Aber Benny, was redest du denn da?« Meine Mutter räumt die Spülmaschine aus, poliert jedes einzelne Teil nach. »Ich habe Sandy doch schon vor Monaten gesagt, dass sie mehr für die Schule tun muss.«

»Offenbar hat sie das nicht besonders ernst genommen.«

Meine Mutter holt das nächste Glas aus der Maschine, hält es gegen das Licht, reibt eine Schliere weg, die nur sie sieht.

»Wann hat sie dir ihre letzten Arbeiten gezeigt?« In meinem Körper breitet sich ein Gefühl aus, das ich noch nie erlebt habe. Ich will aufspringen, meiner Mutter das Glas aus den Fingern reißen und es gegen die Wand werfen. Ist es das, was mein Vater fühlt? Etwas Weißglühendes, das sich Bahn bricht, ein Ventil sucht, einfach zuschlagen muss?

Meine Mutter merkt nicht, was in mir vorgeht. Sie stellt das Glas zu den anderen, nimmt einen Teller aus der Spülmaschine und fängt an, das glänzende Porzellan zu polieren. »In Englisch hat sie zuletzt eine Zwei gehabt«, sagt sie mit verträumter Stimme.

Ich halte das nicht aus! Ich will ihr das verdammte Geschirrtuch aus den Fingern reißen und sie endlich wachrütteln! Vor meinem inneren Auge taucht mein Vater auf, der genau das tut, der ihr mit dem Tuch ins Gesicht schlägt. Nein! Ich würde nie jemanden schlagen – schon gar nicht meine Mutter! Aber warum begreift sie nicht, was hier los ist?! Warum hat sie keine Angst vor dem Tag in vier Wochen, an dem Sandra mit dem Vermerk »Versetzung gefährdet« nach Hause kommt?

»In Englisch eine Zwei, okay. Und was ist mit den Fünfen und Sechsen in Mathe, in Chemie, in Physik … in Geschichte …?« Ich kann nicht mehr. Mir wird schlecht beim Gedanken an das, was uns bevorsteht. Ich springe auf, renne ins Bad und übergebe mich, bis mein Magen vollkommen leer ist.

Von: hiphopsandy@gmx.de
Datum: Donnerstag, 19. Januar, 13:21 Uhr
An: lauralee15@freenet.de
Betreff: Bist Du da?!?!

Hi Laura,
ich hoffe ja so, dass Du schon zu Hause bist. Bitte antworte sofort!!! Ich weiß echt nicht, was ich tun soll …! Dass es so dämliche Zufälle überhaupt geben darf! Joggt nicht die Fraas, unsere Klassenlehrerin, heute Morgen im Stadtpark meinem Vater über den Weg? Ich wusste nicht mal, dass sie in unserer Nähe wohnt, geschweige denn, dass sie meinen Vater kennt. Aber sie tut es. In unserem Viertel wohnen UND meinen Vater kennen, obwohl es meine Mutter ist, die immer zu den Elternabenden geht. Und blöderweise joggt sie donnerstagmorgens, wenn sie erst ab halb zehn Unterricht hat, durch den Park. Genau wie mein Vater, bevor er in die Kanzlei geht. Offenbar hatte der nichts Besseres zu tun, als sie sofort nach meinen Noten zu fragen. Jedenfalls hat sie mir nach der vierten Stunde einen Vortrag darüber gehalten, dass ich meine Eltern doch nicht so über meine Schulleistungen im Unklaren lassen dürfte. Mein Vater sei entsetzt gewesen, als er hörte, dass meine Versetzung gefährdet sei.
Scheiße! Ich bin davon ausgegangen, dass meine Mutter ihm längst schonend beigebracht hat, dass meine Leistungen dieses Jahr nicht so besonders sind. Bin jetzt im Internetcafé am Bahnhof. Kann ich vielleicht ein paar

Tage zu Dir kommen? Bis sich zu Hause alles etwas beruhigt hat? Müsste mir nur Geld und ein paar Klamotten holen. Meine Mutter geht nachher zum »Basarkreis« der Kirche. Dann könnte ich schnell unbemerkt nach Hause. Ich hoffe echt, dass Du schon online bist. Bitte antworte gleich!
Sandy.

Von: hiphopsandy@gmx.de
Datum: Donnerstag, 19. Januar, 13:59 Uhr
An: lauralee15@freenet.de
Betreff: Du bist ein Schatz!!!!

Echt Laura,
Du bist große Klasse! Ich fahre jetzt nach Hause, packe ein paar Sachen, hebe mein Geld von der Bank ab und kauf mir 'ne Karte für den nächsten Zug nach Berlin. Wenn die Zeit noch reicht, schick ich Dir 'ne Mail, wann ich ankomme. Ansonsten rufe ich an, sobald ich da bin – Deine Nummer hab ich ja jetzt.
1000 Dank,
Sandy.

Ich schwebe. Auf meinen Lippen ist noch immer der Erdbeergeschmack von Vanessas Kuss. Wir haben uns heute nach der Schule lange unterhalten. Und dann hat sie mich geküsst. Und ich sie. Und seitdem ist dieses Glücksgefühl in mir. Dieses Gefühl, dass ich alles ertragen kann.

Als ich unsere Haustür öffne, platzt dieser Traum wie eine Seifenblase. Im Flur sieht es aus, als wäre eingebrochen worden. Das Telefon ist von seinem Tischchen gefegt, Sandras Rucksack in eine Ecke geschleudert, der teure Cashmere-Mantel meines Vaters vom Haken gerissen.

»Mama? Sandra?« Keine Antwort. Ich fühle, wie die Haare auf meinen Unterarmen sich aufstellen. Und dann höre ich es. Ein Wimmern, das zu einem Heulen anschwillt. »Benny? Bennyyyyy!«

Ich rase die Treppe hinauf.

»Bennyyyyy!!!« Seit sie zwei Jahre alt war, habe ich Sandra nicht mehr weinen hören. Vor Wut heulen ja, aber nie hätte ich gedacht, dass meine Schwester so verzweifelt weinen kann. Ich hämmere an ihre Zimmertür.

»Benny?«

»Ja, mach auf!« Der Schlüssel dreht sich im Schloss, die Tür geht einen Spaltbreit auf und dann hängt meine Schwester an meinem Hals, durchnässt meinen Pullover mit ihren Tränen.

»Was ist denn los, Sandy?«

»Papa … Papa …« Sie schluchzt so heftig, dass sie nicht weitersprechen kann. Doch das ist auch nicht mehr nötig, denn in diesem Moment geht im Schlafzimmer meiner Eltern der große Spiegel zu Bruch und meine Mutter stößt einen Schrei aus, wie ich ihn noch nie gehört habe.

34

»Ich wollte das alles nicht. Ich wollte nur, dass er endlich aufhört.«
Benjamin Schneider, 16 Jahre

»Geh zurück in dein Zimmer! Schließ ab! Komm nicht raus!« Ich reiße mich von Sandra los, durchquere mit drei Schritten den Flur, stoße die Tür zum Schlafzimmer auf. Wie durch den Sucher einer Kamera brennen sich Bilder in meine Netzhaut, in mein Gehirn. Glitzernde Scherben. Viel zu viele glitzernde Scherben. Meine Mutter wie eine zerfetzte Stoffpuppe mittendrin. Und Blut. Blut. Blut. Blut. Ein Mann, der mit wutverzerrtem Gesicht mitten im Zimmer steht.

»Geh weg!«

Mein Vater stiert mich an.

»Sofort!«

Er schüttelt kurz den Kopf, als würde er aus tiefem Wasser auftauchen.

»Du sollst weggehen von ihr, hab ich gesagt!« Da ist es wieder, dieses Gefühl, das unbedingt raus will. Dieses weiße Glühen. Ich gehe auf meinen Vater zu. Er macht einen Schritt zurück. Zwei Schritte. Glas knirscht unter seinen Schuhen. Ich sehe auf meine Mutter hinunter und mein Herz krampft sich zusammen. Ich bücke mich, taste nach ihrem Hals. Spüre ich da ein schwaches Klopfen oder ist das mein eigener Puls? Atmet sie überhaupt noch? Entsetzt starre ich auf meine blutigen Finger. »Was hast du bloß getan?« Bin das wirklich ich, der da so stöhnt? Und woher kommt das plötzliche Entsetzen in den Augen meines Vaters? Ich richte mich auf. Er weicht vor mir zurück, tastet sich mit einer Hand an der Wand entlang.

»Benjamin …«

»Du elender …!« Ein Krankenwagen! Ich muss dringend einen Krankenwagen rufen! Mein Vater hat die Tür erreicht, steht jetzt im Flur. Er geht noch immer rückwärts, lässt mich nicht aus den Augen. »Benjamin …«, fängt er noch einmal an.

»Was willst du noch?«, brülle ich. »Hast du es endlich geschafft, ja? Hast du sie endlich umgebracht?!« Ein trockenes Schluchzen bricht aus mir heraus. Ich stoße meinen Vater beiseite, rase die Treppe hinunter, reiße den Hörer von der Station. 112! Hinter mir auf den Stufen poltert es, doch ich achte nur auf die Stimme, die mich fragt, was ich brauche. »Einen Krankenwagen«, schluchze ich. »Schnell! Ich glaube, sie stirbt.« Und dann nenne ich unsere Adresse.

»Wir sind gleich da. Verstehen Sie etwas von Erster Hilfe?«

»Nein … ich …«

»Der Wagen ist unterwegs. Bleiben Sie ganz ruhig. Bewegen Sie die Verletzte nicht …«

Der Hörer fällt mir aus den Händen, ich sinke auf die Knie – und sehe meinen Vater am Fuß der Treppe liegen. Seine weit aufgerissenen Augen starren ins Leere. »Papa? Papa …!« Auf allen vieren krieche ich zu ihm hinüber, schüttle zaghaft seine Schulter. Er rührt sich nicht.

»Nein!«, schreit es in meinem Kopf. »Nein! Nein!! Nein!!!«

Ich krieche zurück zum Telefon. Aus dem Hörer dringt klagend der Dauerton. Ich lege auf. Nehme wieder ab. Tippe mit steifen Fingern: 1 – 1 – 0.

Es tutet nur kurz, dann meldet sich eine Männerstimme: »Polizeinotruf.«

Ich bringe kein Wort heraus.

»Hallo?«

Nur ein Wimmern dringt aus meiner Kehle.

»Wie bitte? Ich habe Sie nicht verstanden. Wie können wir Ihnen helfen?«

»Mein Vater …«, würge ich.

»Ist Ihrem Vater etwas passiert? Von wo rufen Sie an?« Die Männerstimme ist freundlich. Geduldig.

»Mein Vater ...«

»Brauchen Sie Hilfe?«

»Mein Vater ...« Ich atme tief durch. Und dann sage ich klar und deutlich, so wie er es immer gern gehabt hat: »Ich habe meinen Vater umgebracht.«

Von:	hiphopsandy@gmx.de
Datum:	Samstag, 05. Februar, 23:07 Uhr
An:	lauralee15@freenet.de
Betreff:	Der totale Wahnsinn

Hi Laura,
was sollst Du bloß von mir denken? Erst flehe ich Dich um Asyl an und dann hörst Du wochenlang nichts mehr von mir. Ich hätte mich schon eher gemeldet, aber hier war die Hölle los! Ich weiß überhaupt nicht, wo ich anfangen soll.
Vielleicht damit, dass mein Vater, nachdem er die Fraas beim Joggen getroffen hatte, nicht zur Arbeit gegangen ist, sondern zu Hause auf mich gewartet hat. Als ich die Tür aufschloss, stand er schon vor mir, zerrte mir den Rucksack vom Rücken und knallte mir zwei rechts, zwei links.
Meine Mutter versuchte ihn festzuhalten, aber er hat sie einfach beiseitegeschleudert. Sie krachte gegen die Garderobe, riss seinen Mantel vom Haken und brachte im Fallen auch meinen Vater einen Moment aus dem Gleichgewicht. Da bin ich in mein Zimmer gerast. Ich habe die Tür hinter mir zugeknallt und abgeschlossen – und schon war er auch oben.
»Sandra, mach sofort auf!«, hat er gebrüllt und so gegen die Tür getreten, dass ich dachte, sie gibt jeden Moment nach und es ist aus mit mir.
Meine Mutter bettelte: »Matthias, lass doch das Kind! Was ist denn bloß los?« Plötzlich hat sie schrecklich gestöhnt,

es gab einen dumpfen Fall und dann klang es, als würde etwas Schweres über den Boden gezerrt.
Ich hatte solche Angst, dass ich aus dem Fenster klettern und zu den Nachbarn rennen wollte, um Hilfe zu holen. Ich überlegte noch, ob das Rosengitter mich wohl tragen würde, als ich jemanden unten im Flur hörte.
»Benny? Bennyyyyy!«
Er raste die Treppe herauf.
»Bennyyyyy!«
»Sandra?« Ich schloss die Tür auf und da war er wirklich. Ich war noch nie so froh, meinen Bruder zu sehen! Ich konnte gar nicht mehr aufhören zu heulen, konnte ihm nicht erzählen, was passiert war, aber er schien es auch so zu begreifen. Er schob mich ins Zimmer zurück und sagte, ich solle wieder abschließen. Dann waren da nur noch Schreie und entsetzlicher Lärm und dann eine noch viel entsetzlichere Stille.
Irgendwann hielt ich es einfach nicht mehr aus.
Ich schloss die Tür auf.
Den ganzen Flur entlang bis zur Treppe glitzerten vereinzelte Glassplitter und dazwischen waren dunkle Tropfen in den Teppichboden gesickert. Blut? Ich spürte, wie mein Magen sich umdrehen wollte, und trotzdem schlich ich zum Treppengeländer. Am Fuß der Treppe lag mein Vater und Benny hockte neben ihm, die Arme um die Knie geschlungen, und schaukelte vor und zurück wie ein kleines Kind.
Ich bin ins Schlafzimmer meiner Eltern gerannt, aber da war alles noch viel schlimmer. Der große Spiegel war

zerbrochen und meine Mutter lag inmitten der Scherben. Ich habe nicht gewagt sie anzufassen. Ich wollte weinen und schreien, aber es ging nicht.
Und dann war plötzlich das ganze Haus voller Menschen. Sanitäter. Ein Notarzt. Polizisten. Jemand gab mir eine Spritze und ich bin erst im Krankenhaus wieder aufgewacht. Meine Oma saß an meinem Bett, streichelte mir die Stirn und sagte: »Da bist du ja wieder, Kleine.«
»Wo ist Benny?«, habe ich gefragt und sie hat gesagt: »Der ist auch hier. Du brauchst dir keine Sorgen zu machen. Er liegt ein paar Zimmer weiter.«
»Und Mama?«
Oma seufzte. »Die ist noch nicht wieder bei Bewusstsein. Sie haben sie sofort operiert, aber …« Tränen liefen ihr übers Gesicht, zogen helle Furchen durch ihr perfektes Make-up.
»Und … Und Papa?«
»Der wird euch nichts mehr zuleide tun«, sagte meine Großmutter grimmig.
Tut mir leid, Laura, ich kann nicht mehr. Melde mich morgen,
Sandy.

Von: hiphopsandy@gmx.de
Datum: Sonntag, 06. Februar, 11:52 Uhr
An: lauralee15@freenet.de
Betreff: Der totale Wahnsinn II

Hi Laura,
da bin ich wieder. Jetzt sollst Du auch noch den Rest der Geschichte erfahren.
Meine Großmutter hat dafür gesorgt, dass mein Vater von der Polizei Hausverbot bekam, sobald er das Krankenhaus verlassen konnte. Er durfte sich nur ein paar Sachen holen und wohnt jetzt in einer Pension.
Als Benny an ihm vorbeirannte, um den Rettungswagen zu rufen, ist mein Vater die Treppe hinuntergestürzt. Dabei hat er eine schwere Gehirnerschütterung erlitten. Und Benny hat geglaubt, er sei tot!
Mein Bruder geht jetzt zweimal pro Woche zu so einem Psycho-Heini, weil er überhaupt nicht mehr schlafen konnte. Ob er da auf der Couch liegt und dem Kerl sein ganzes Leben erzählt? Irgendwie kann ich mir das nicht vorstellen, denn Benny redet kaum noch. Er ist noch viel ernster geworden als früher. Nur Vanessa schafft es ab und zu, ihn zum Lächeln zu bringen.
Meine Mutter liegt immer noch im Krankenhaus. Wenn alles gut geht, kommt sie in vierzehn Tagen nach Hause. So lange bleibt Oma bei uns. Die ruft jetzt gerade zum Mittagessen. Muss Schluss machen. Sie mag es gar nicht, wenn man nicht sofort erscheint.
Sandy.

Von: hiphopsandy@gmx.de
Datum: Sonntag, 06. Februar, 18:23 Uhr
An: lauralee15@freenet.de
Betreff: …

Weißt Du, was das Schlimmste ist, Laura? Dass ich meinen Vater so sehr vermisse! Ich vermisse ihn ganz entsetzlich. Obwohl ich ihn eigentlich hassen müsste für das, was er getan hat, fehlt er mir jeden Tag. Und obwohl er so schreckliche Dinge getan hat, habe ich ihn immer noch lieb. Kannst Du das verstehen? Meinst Du, irgendjemand kann das verstehen? Ist das normal? Aber er ist doch schließlich mein Vater!

Ob ich ihn sehen darf, wenn meine Eltern geschieden sind? Sie werden sich bestimmt scheiden lassen. Ich kann mir nicht vorstellen, dass meine Mutter oder Benny noch einmal mit ihm zusammenleben wollen.

Auch aus dem Haus zu gehen, ist einfach schrecklich. Alle Nachbarn starren einen an und tuscheln. In der Schule ist es nicht anders. Ohne Kim und Janine wäre es überhaupt nicht auszuhalten. Aber sogar bei den beiden habe ich manchmal das Gefühl, dass sie das Thema wechseln, sobald ich auftauche.

Ob das jemals wieder anders wird?

Das einzig Gute an dieser ganzen beschissenen Situation ist, dass sich kein Mensch mehr für meine Noten interessiert.

Melde mich wieder bei Dir, wenn es etwas Neues gibt,
Sandy.

Von: hiphopsandy@gmx.de
Datum: Samstag, 19. Februar, 13:59 Uhr
An: lauralee15@freenet.de
Betreff: Hi!

Hi Laura!
Na, schwimmst Du jetzt in Geld? Wie viele Einsen hast Du gehabt, alte Streberleiche ;–)?
»Das wird schon wieder, Kindchen«, hat meine Oma nur gesagt, als sie mein Zeugnis gesehen hat. Sie war viel zu beschäftigt damit, das Haus für Mamas Heimkehr zu putzen. Jetzt stehen überall Töpfe mit blühenden Osterglocken und Tulpen und Schneeglöckchen und es duftet nach Hyazinthen. Draußen herrscht tiefster Winter, aber in unserem Haus ist Frühling. Richtig schön.
Ich freue mich schon auf die Fahrt ins Krankenhaus. Nicht nur, weil Mama endlich zurückkommt, sondern auch weil ich Tobi sehen werde. Seine Schwester hatte einen Autounfall und liegt im selben Zimmer wie meine Mutter.
Tobi ist fünfzehn. Er hat blonde Locken und blaue Augen. Er ist kein bisschen cool, aber total witzig. Ich hoffe ja soooo, dass er mir heute seine Handynummer gibt und wir uns wieder treffen.
Drück mir die Daumen ;–),
Sandy.

Beratungsstellen

In akuten Notfällen hilft der Polizeinotruf
Tel. 110
In größeren Städten gibt es bei der Polizei auch
»Beauftragte für Frauen und Kinder«

Örtliche Jugendämter

Nummer gegen Kummer
Tel. 08 00 / 11 03 33
ist kostenlos und erscheint auf keiner Telefonrechnung
http: / / www.nummergegenkummer.de

Bundesgeschäftsstelle der Kinderschutzzentren
Tel. 02 21 / 56 97 53
E-Mail: die@kinderschutz-zentren.org
http: / / www.kinderschutz-zentren.org

Deutscher Kinderschutzbund Bundesverband e.V.
Bundesgeschäftsstelle Berlin
Tel. 0 30 / 21 48 09-0
E-Mail: info@dksb.de
http: / / www.dksb.de

Bundeskonferenz für Erziehungsberatung e.V.
Tel. 09 11 / 97 71 40
E-Mail: info@bke.de
http: / / www.bke.de

In Berlin:
Kindernotdienst
Tel. 0 30 / 61 00 61
E-Mail: info@kindernotdienst.de
http: / / www.kindernotdienst.de

In Deutschland gibt es in fast jeder größeren Stadt und in vielen kleineren Städten ein Frauenhaus. Die Nummer findet sich im Telefonbuch unter »Frauenhaus« oder »Frauen helfen Frauen«, zu erfragen auch über die Frauenhauskoordinierungsstelle, Tel. 0 69 / 67 06-3 07

fi 80861 / 1